暗夜里，还亮着灯

周牧 著
Zhou Mu

生活·讀書·新知 三联书店 生活書店出版有限公司

图书在版编目（CIP）数据

暗夜里，还亮着灯 / 周牧著. —北京：生活书店出版有限公司，2016.3
ISBN 978-7-80768-100-7

Ⅰ.①暗… Ⅱ.①周… Ⅲ.①传记文学—中国—当代
Ⅳ.①I25

中国版本图书馆CIP数据核字（2015）第273123号

责任编辑 石延平
装帧设计 hanyindesign
版式设计 书情文化
责任印制 常宁强
出版发行 生活書店出版有限公司
（北京市东城区美术馆东街22号）
邮 编 100010
印 刷 北京顶佳世纪印刷有限公司
版 次 2016年3月北京第1版
2016年3月北京第1次印刷
开 本 850毫米×1168毫米 1/32 印张8.125
印 数 0,001—6,000册
字 数 121千字 图8幅
定 价 34.00元
（印装查询：010-64052612；邮购查询：010-84010542）

目　录

暗夜里，还亮着灯

当我沉浸在往事里，

当我漫步在历史中，

浮现在我眼前的是一个雪花飘飞的暗夜，

但在遥远的地方还亮着温柔的灯。

我的记忆慢慢流回到很多年以前，

我又一次与我青少年的时光重逢。

我忘不了我和我的家人生活在一起的情景，

我们经历了那么多的雨雨风风。

尽管日子很艰难、很拮据，

但只要在父母、在亲人身边，

我们仍然过得很温馨、很从容。
当我记录下我的父母、我的亲人给我爱的时候，
我整个身心都沉浸在无与伦比的虔诚之中。

我忘不了我和我的好友相聚在一起的情景，
我们是那样的悲喜与共、灵犀相通。
我们享受着感情共鸣带来的欣喜，
我们享受着心灵默契带来的激动，
我们享受着深深理解带来的温暖，
我们享受着苦苦期盼带来的心痛。
无数刻骨铭心，永难释怀的画面，
都鲜活地嵌附在恒久的记忆之中。

无情的自然法则带走了我们的亲人和好友，
但那亲情和友谊却已经穿越了悠长岁月的时空。
我油然生出一种抓住生活、抓住生命的冲动，
让我们善待亲人、善待朋友、善待自己，彼此珍重！

爷爷

爷爷的名字很奇怪：仲岐。既用一“仲”字，排行第二那是毫无疑问的；“仲”后为什么选中了“岐”字，我的长辈们没有一个人能破解。

爷爷五十岁左右时，已经很胖了。原来我们家有一张很大的他的照片，照片上爷爷慈眉善目，双唇微张，穿一件敞胸的僧衣，手持一串念珠，简直就是一尊弥勒佛。

他年轻时曾和夏斗寅一起参加过辛亥革命。民国建立后，一直在省政府任职。早先我们家住在汉口最繁华的地段——江汉路自民里，一色的红砖两层西式楼房，能租住那样有品有派的洋楼，没有丰厚的收入是绝对不可能的。母亲只记得爷爷担任过这样两个职务：糖捐局长和禁烟局长。这肯定是两个肥缺。爷爷是怎么敛财的谁也说不清楚，但就在民国二十年（1931）武汉发大水以后，我们在武昌校厂湖就有了自己的“公馆”。我出生后不久，全家就从自民里搬进了新居。

我的童年和少年都是在这里度过的。

这座“公馆”分主楼和侧楼两部分：主楼上下两层，共八间房，两个大客厅和两个后客厅，前后都有很宽的走廊；侧楼也是上下两层，共四间房，两个客厅。紧挨正楼的左后边，另建一小楼，楼上楼下各一间房：楼上的那间是佛堂，南无奶奶——爷爷的姨太太每天早上都要去那儿上香、诵经、念佛；下边的房，住着帮我们干活的各房的婆婆——即今之阿姨。

正楼前有一个比较宽敞的花园。园子当中铺了三行水泥走道，走道两旁种着各色花草。靠墙有一个很高的葡萄棚架，一到夏天，架上绿叶丛中结着一串串绿色小葡萄。葡萄架的旁边有一株亭亭玉立的中国梧桐，枝繁叶茂，浓荫如盖。每年夏秋之交，都要结很多形状如豌豆的梧桐子儿。我们总是用长竹竿在树枝间敲敲打打，于是无数像小木筏般的长着梧桐子儿的蓇葖果纷纷飘落下来。炒熟的梧桐子儿有一股很特别的诱人的香味。我们的庭院里还有一个很大的金鱼缸，里边有一座长满青苔的假山。金鱼就在假山的大小洞里穿来穿去，看得出来它们活得很自在。金鱼缸旁有一个小水池，为防孩子们会跌进池里，便在池边筑起了石栏。池里养的也是鱼。因有浮萍和水草遮住了水面，故不大能看清游鱼的踪影。院子里还有很多花树：三月的桃花，五月的石榴花，八月的桂花，腊月的蜡梅，把我们的庭院装点得色彩斑斓，很有生气。

主楼右侧有一块较大的空地，竖着一个很高的秋千架，二爹、三爹、小爹和他们的同学经常来这儿荡秋千，那欢笑声常常引来老人们的围观。

这个宅院里住着的是一个大家庭：爷爷的第一个妻子魏氏生下我父亲以后，不久就去世了；姓陈的奶奶是续弦，共生三女一男——大爹（湖北方言，即大姑）兆凤、二爹兆龙、三爹兆娴和小爹。其实小爹只比我大一岁。她性格沉静，不太喜欢和我这个小侄儿在一起玩儿，我们最多也只是一起踢踢毽子、跳跳房子。爷爷还有个姨太太，我们孙辈都叫她南无奶奶。这个称呼是我们兄弟姐妹中最聪明、最短寿的二弟安安想出来的。有一年春节，他要给两个奶奶磕头。他先请出陈姓奶奶，说："给胖奶奶拜年。"继而又请出正在佛堂里念"南无阿弥陀佛"的小个奶奶，说："安安给南无奶奶磕头。"就这样，"南无奶奶"这个称呼便叫开了。这个极聪明的弟弟在给两个奶奶拜年之后的第二个夏天，死在了一个姓涂的庸医手里，当时年仅三岁。我放学回家时，已见不到我最爱的弟弟，号啕大哭了一场，那是我最伤心的一次痛哭，也是我第一次体会到死别的痛苦。

爷爷为人非常慈善、宽厚，我从来没见他发过火。那时我们家有听差，有厨师，有婆婆，他总是和颜悦色地跟他们讲话，即使他们做错了事，也从不正颜厉色地呵斥。他总是嘱咐我父亲，在大门旁边的木箱子里多放些铜板，只要有要饭的上门，就给他们几个铜板。其中有个要饭的是哑巴，他每次上门讨钱，我们总给得多一点。要是碰到爷爷正在庭院里散步，爷爷总要抓一大把钱给他。所以当爷爷过世出殡时，哑巴在地上长跪不起，哭得非常伤心。

爷爷斋僧敬道，常常为寺庙、道观捐款，也经常向达官、富商募捐。他曾经出任过武汉市佛教协会的会长。他去世后，在家停柩四十九天，几乎每天都有寺观的人主动来做道场，超度亡魂。家里香烟缭绕，钟磬不绝。这种“哀荣”给我留下了极深的印象。周家的人都跟佛门有缘，应该看成是爷爷信佛所结的善果。

爷爷是非常爱我的，因为我是长房长孙，用老话说，是将来撑周家门户的人，所以他对我特别关爱。每天他从省府工毕回家，定要先抱抱我，揪揪我胖嘟嘟的脸。他有睡中觉的习惯，每次他入睡前，总要照顾我的李婆把我抱进他的房间，让我坐在床对面的大木椅上，他眼睛看着我，慢慢鼾声大作，进入梦乡。去世前，他因为身体太胖，血压很高，曾一度赋闲在家。他喜欢在庭院里的小径上散步，轻轻地牵着我的手，什么话也不说，一边走，一边凝视着我，那眼光是那样慈蔼，又是那样充满着希望。

我才六岁时，爷爷就卧床不起了，其实他年纪并不大，刚做过五十大寿。他的病来势凶险，荫庇我们的这棵大树眼看就要被病魔击倒。大爹兆凤真是个孝女，她做了件感天动地的事。她先沐浴更衣，焚起一炉檀香，跪下祷告过往神灵，愿意减自己的寿延长父亲的生命；然后她操起一把锋利无比的剪刀，从股上剪下一块肉，放在中药罐里，煨好药汤，让爷爷服下。然而爷爷的大限已至，孝女也无力回天，爷爷还是在一片诵经声中，安详地闭上了眼睛。

爷爷的灵柩葬在磨山周家墓园里。陪伴爷爷的是他一生精心收集的字画和古玩。

父亲和母亲

我父亲周希文，小名兆熊，字一诚，别号有缘山人。

“兆熊”这个名字是我爷爷给我父亲起的。听胖奶奶说，为给周家长子起名，爷爷还真动了一番心思。按辈分排下来，父亲是“兆”字辈，名字里必须有“兆”字，后面该跟个什么字呢？爷爷想起《诗经·小雅·斯干》中的两句诗，“维熊维罴，男子之祥”，便给父亲起名“兆熊”，以示生子添丁吉祥之意。“希文”这个名字是我父亲自己起的，他小时候读私塾，读到了范仲淹写的《岳阳楼记》，知道范仲淹是老乡，也是江苏吴县人。我父亲深深敬重这位乡里前贤，便取范仲淹的字“希文”为己名。这个名字他沿用了一生。其实父亲的名字还不止这些，他在办报撰稿时，就常常用笔名，“逸尘”就是笔名之一。后来他取其同音字“一诚”作为自己的字，再也没有换过。早年他还有个名和字：“甦”和“更生”。他在黄埔军校炮科六期学习时，就用的这个名字。我是在他的一本藏书的扉页上看见这个名字的，我问他：“这也是你的名字？为什么起这样的名字？”他反问我：“这个名字不好吗？‘甦’，清醒之意，人要有清醒的头脑；‘更生’，意思是开始新的生命，开始有所作为，这就是我起这个名字的缘由。”我这才知道起名字还有这么多讲究。

也许是接受了魏姓祖母的优良基因，他在几个兄弟姐妹中相貌最为出众：饱满的天庭，高挺的鼻柱，不太浓黑的眉毛略略向两鬓挑起，特别是那双“虽怒时而若笑，即嗔视而有情”的眼睛，更使他显得丰神萧爽，倜傥不群。他无论出现在哪里，都会给人眼睛一亮的感觉。原来我们家曾有一张他的戎装照，照片上是他和他的两个军校好友，他坐在中间，真是英气逼人。父亲身材高挑，体态匀称，天生一副洪

父亲周甦，又名周希文。
黄埔军校炮科第六期毕业生

亮的大嗓门，发表演说时，口若悬河，语惊四座；唱起京剧来，字正腔圆，韵味醇厚。他还写得一笔好文章，一手好字，他的文笔老到精炼，有很深的古文根底；他的书法古朴苍劲，全无稚俗之气。这样一个天赋极好的人才，一生却没有什么建树，而且还是英年早逝，这里边有历史的原因，也有他个人的原因。

爷爷在世的时候，他很风光，是周公馆的大少爷，加之貌伟而才雄，所以军校毕业后，很快就在国民党八十五师谋到了一个少校参谋的职务。爷爷决定给他娶亲，好拴住他的心。那时我的外公在典当铺当管账，认识爷爷。外公有两个儿子，四个女儿，便决定把大女儿毛诗宗（小名宝霖）——我的母亲嫁到周家来。父亲要求亲自相亲，相中了才能议婚。外公嘱咐我母亲好好收拾打扮了一番，坐在堂屋里等，我父亲刚一出现在我母亲面前，我母亲就羞得满面通红，把垂在胸前的长辫子往身后一甩，便慌不择路地躲进了自己的闺房里。这些都是父亲在和母亲开玩笑时说出来的。

父亲和母亲结婚以后，母亲非常爱父亲，也爱这个新家；父亲也很恋家，恋新婚的妻子。如果仅从外貌相比，母亲只是中人姿色，配不上父亲英俊的容貌。但母亲对丈夫挚爱的真情，理家的才能，贤惠的品德，刚强的性格，可能吸引住了父亲。据我从旁观察，母亲活着就是为了能爱父亲，她不惜为父亲献出一切，隐忍一切；父亲也爱母亲，但远没有母亲的感情那么真，那么深，他更多的是敬重母亲的品质，不忍心伤害这样一个深爱自己的好女人。有一件事情感动了母亲一辈子。大约是在我三岁时，母亲生下了第一个妹妹。这个小姑娘晚上特别爱哭闹，吵得母亲整晚不能合眼。那时父亲正被爷爷的好友、武汉警备司令叶蓬软禁。因为我父亲和好友共产党员黄相廷一起办了一份进步报纸。父亲文笔好而且写得快，常常撰文抨击国民党的弊政，其中有一篇是揭露国民党杀害共产党人罪行的文章：《昨日闹市，今日杀场》，因为文章深刻揭露了国民党的反动嘴脸，国民党命叶蓬逮捕我父亲，就地法办。但叶蓬因和爷爷交谊很深，便只将我父亲软禁在警备司令部办公楼三楼的一个房间里。我父亲听说我母亲的乳头长有一瘤，久治不愈，且正在溃烂，万分焦急和挂念。为了能回家看看病中的妻子，他毅然从三楼的窗口跳下来，借夜色的掩蔽，逃回了家。母亲每每谈及这件事，眼睛里便会闪出幸福的光。

芳邻

由于爷爷的早逝，父亲作为家庭的长子，不得不挑起这个十口之家的担子。除了两个奶奶是典型的老式家庭妇女以外，二爹当时只是个不谙世事的高中生，根本不可能帮父亲分担家庭的重担。大爹虽练就了一手工笔小楷，但从小没读多少书，一直闲居在家，没有求职的能力。下边的三爹刚进初中，小爹跟我一起在省七小的低年级学习。这样一个十口之家每天的用度，仅靠爷爷的一点积蓄，是决计维持不了多久的。父亲只得远赴郑州，在铁路局当个职员，过起了和母亲两地分居的生活。

母亲很早就当起了这个大家庭的家。为了增加经济收入，母亲决定将空房全部出租。记得最早租我们房间的那家人姓何，是从东北经北平辗转来到武汉的。夫妻两口子，还加一个和我年龄一般的小女孩——何小莲。小莲真是冰雪聪明，丽质天生，一口京片子特别悦耳，且能连做带唱《苏三起解》。和她一起，我自觉无论在哪方面都比她矮一大截。她也进了省七小念书，跟我同班。一次学校举行演讲比赛，她是我班的当然选手。当着全校的老师和学生，她一点也不怯场，举手投足，都是那么大方得体。三分钟的演说，一个哽也没打，北平话说得嘎嘣脆，赢得了全校演讲比赛第一名。在领奖以后，她还应老师、同学之邀，唱了一段“苏三离了洪洞县”，唱得实在好听，我也喜欢上了这段京剧。何家住的时间不长，听母亲说，这对年轻的父母都是很有文化的人，说不清他们具体干什么工作，但肯定和宣传抗日救亡有关。他们搬走了好些日子，母亲一直在念他们为人好。

隔了些日子，一家姓蒋的来求租。蒋家的老太爷曾当过几年县令，家底相当殷实。蒋家在校厂湖和恤孤巷交接处买了一决地皮，正在建一座西式洋楼。在洋楼未盖起以前，他们只好暂时租我们的房子住。蒋家的儿子们都有工作，都自立了门户。两位小姐和我们家的关系很密切。年纪小一点的是三爹的密友，大小姐蒋箴如暗恋着二爹。二爹戴着一副高度近视的眼镜，胖墩墩的，憨态可掬。蒋大小姐是武昌美专声乐系的学生，搞艺术的人少不了浪漫的气质，少不了多愁善感。有段时间，可能她和二爹之间闹了点矛盾，她总是在黄昏时分，独倚窗栏，悲声吟唱《湘累曲》：“泪珠儿要流尽了，爱人呀，你还不回来呀……”唱得哀婉动人，连我这个才七岁的小男孩都听得为之动容，至今难忘。

说来我和这位蒋大小姐还有一段师生情谊。那时我刚学乘法，母亲看见蒋大小姐暑假闲着没事，就请她辅导我的算术。乘法表从一到四我都会背，偏偏到“五”，就结结巴巴地背不下去，她急得差点儿要指着我的鼻子骂我笨，我也觉得怪对不住她。这天晚上，我在梦中忽然很快背熟了“五”的乘法口诀，醒来后马上背给母亲听，又迫不及待地跑去敲蒋大小姐的窗子。她听我背完以后，高兴得把我拥在怀里，在我的脸上亲了一下，说：“这才像我教的学生。”又过了一年，蒋家的西式洋楼修好了，蒋家就搬离了我们的宅院。接着战火烧近了武汉，年轻人都忙着抗日救亡的大事，蒋周之恋好像就此断了线。现在我的算术启蒙老师蒋箴如是武汉音乐学院声乐教授，很多在国外获奖的歌手都出自她的门下。不知她还记得我这个其笨无比的学生否？

大轰炸

一九三八年初，父亲实在不放心这个家，辞掉了郑州铁路局的职务，回到了武昌。这时敌机经常空袭武汉。每次空袭警报响起，我们全家便躲在上面已铺了厚厚几层棉絮的饭桌下面。当敌机狂轰滥炸时，我也学着奶奶和母亲口宣佛号：“南无大慈大悲、救苦救难观世音菩萨。”有时我简直控制不住自己，常常被枪弹的呼啸声、爆炸声吓得浑身发抖。在全家人中，只有父亲最勇敢，他总是站在二楼的走廊上，举着望远镜，对着天空看。几次空中保卫战，特别是陈怀民烈士撞毁敌机，以身殉国的场景，都是父亲讲给我们听的。

那是一九三八年四月二十九日，在武汉的万里蓝天上一场惊天地、泣鬼神的空战打响了。那天下午两点半钟，武汉全城突然响起了凄厉的紧急警报声。日军三十六架战斗机、十八架轰炸机恶狠狠地扑向武汉。中国空军与苏联空军自卫队共六十七架战斗机立即起飞迎敌，散布在武汉近郊的高射炮群，紧紧咬住敌机不放，轻重火器一齐开火，无数颗炮弹在天空中爆炸。顿时，天在摇，地在颤。敌机在我军强大的攻势面前，队形散乱，纷纷中弹坠落。正当空战正酣之际，只见天空中出现了惊人的一幕：一架国机以最敏捷的英姿，将一架敌机击落，旁边的五架敌机一拥而上，将这架国机围困击伤。这只极其神勇的“战鹰”迅速掉转机头，猛向一架强悍的敌机冲撞过去。只听见轰隆一声巨响，两机相撞，蓝天上升腾起一团火光和浓烟，中国年轻的空军战士以保卫武汉的大英雄气概，谱写了一曲光耀史册的壮歌，两百万引颈东望的武汉人民流下了滚滚热泪。这位以身殉国、与敌人同归于尽的空军壮士，就是曾经多次空战负伤、刚刚伤愈出院的武汉人民的好儿子陈怀民。

同年夏天的一个中午，五十多架敌机突袭武汉。我在躲进桌下之前，先用钢盔罩好一只刚从附近尼姑庵逃到我家来的小猫。这时，在一片轰炸声中，到处是玻璃震碎的声音，身下的大地在左右摇晃。突然一声震耳欲聋的爆炸声，就像劈雷击在我们头顶，碎玻璃像下雨似的落得到处都是。我心想这次恐怕难逃劫难了，像这样炸下去，必死无疑。奶奶、大爹、三爹把小爹、妹妹和我围在中间，母亲则从桌下钻了出去，跑上楼去找父亲。父亲则从院子走进了堂屋，高声喊："快出来吧，已经没事了，这次真险哪！你们快去看看，我们的大门已经炸飞了，大门外边炸成了好深的一个坑。如果炸弹向我们的房子偏过来一点，就没有我们了。"我跑到大门口一看，那情景真够怕人的。除了门口的大坑以外，邻居家的房子，还有那尼姑庵早已被夷为平地，只剩下一堆堆瓦砾。我忽然记起了一件事，赶紧跑回屋，把钢盔从小猫身上搬开，小猫一点事也没有。小猫何以会躲进我家，逃过此难，我至今仍百思不得其解。

父亲向我们全家宣布：明天先搬进汉口的租界，再坐船去沙市。

逃到荆沙

我们逃难的第一站是荆州，这座古城安静宁谧，暂时还感受不到战争的气息。

我们住进了一所古老的宅院里。这所宅院共有三进：第一进住着房东家的弟弟一家，第三进住着房东家的老大，我们则住在中间一进。父亲当时在沙市警察局已找到了一份科长的工作，他大多时候住在沙市，一周大概能回一两次家。父亲不在家的日子，我和妹妹闹腾得可欢了。

房东家的老大六十多岁，须发已然全白，老伴的身体很弱。他们有一个女儿，十七八岁，娴静秀丽，常和三爹玩在一起。老大相信命，会看相，他常揽镜自照，并自言自语地说：“我明明是一副孤老相，怎么到了这把年纪，还没有应验呢？难道我看别人的相都看得很准，看自己的相就看错了，怪！”他的老伴总是一把抢过镜子，笑骂他：“迷信老头，再不许你这样胡说。”

那时真可以说是“祸不单行”。“脾寒”——即今之疟疾——肆虐，击倒了一大片人。我们家除我父亲、妹妹和我以外，都打脾寒；脾寒一发作，先发高烧，紧接着又冷得发抖。即使盖很厚的被子，也不顶用。母亲平时对我们管教很严，如今躺倒在床，病得昏天黑地，哪里还顾得上我们。我们就走街串巷，把荆州城跑了个遍。我们去过不少古庙，给我们印象最深的是十殿阎君、白面无常、判官小鬼，还有那刀山油锅。这些古庙没有庙祝，没有香客，一走进庙门，就能感觉到阴气逼人。我们虽害怕，还是喜欢往里边钻。回家以后，我们扶母亲从床上坐起，便绘声绘色、满脸恐怖地讲给母亲听。

敌机已开始轰炸沙市。父亲每次回家，总带给我们一些关于战争的消息。

一次，我已快要入睡，母亲悄悄地对父亲说："不知怎么的，我住在这个房子里一到夜晚我就害怕，你快在沙市找个住处把我们搬过去。"过了不久，父亲真的在沙市租下了一套房子。但是要雇车把全家都搬到沙市去，在当时可不是一件容易事，父亲想过几天等找到了足够的搬运的车再搬家。一向很尊重父亲决定的母亲这次一反常态，不管不顾地缠着父亲："要是车不够，先把我们娘三个搬过去，再搬老人和弟妹。这里我一天也不想住了。"父亲没法，只好依了母亲，我们先住进了沙市的家。

住进新家的第二天早上，敌机突然空袭沙市，只扫射了几发子弹以后便飞往别处，大家都没在意。父亲的几位朋友来我家凑热闹，庆贺乔迁之喜，还要留在我们家打牌。父亲要陪客人，便没时间雇车去荆州搬老人来沙市。当方城之战正酣之际，二爹灰头土脸地闯进门来："我们都快炸死了，你们还有心思打牌！"父亲吓得脸都变了色，一问才知道，日机这次轰炸了荆州古城。母亲催二爹快讲讲家里的情况，二爹叙述那死里逃生的经过时，声音都在发抖：当时二爹正在堂屋里修钟，两个奶奶、大爹和三爹都在房里照顾病得很沉重的小爹。一个炸弹正落在后院，二爹已完全记不清他是怎么跑进奶奶的房间的，只听见房屋倒塌、砖瓦破碎的声音。除了第一进的房和第二进的奶奶的房间以外，别的房间都炸塌了。老大的女儿被炸死，老伴被炸断了腿，不久也因流血过多相继死去。老大呼天抢地地哭喊着：“老天哪，你怎么这么快就应验了呢；我一生没做过坏事，为什么让我真的成了孤老呢？”母亲后来告诉我们，如果我们不抢在头一天搬到沙市去，我们母子三人肯定都会被炸死，因为炸弹就落在母亲房间的窗后边。受了轰炸的惊吓，小爹病势更加沉重，不久病逝于沙市。这是我家被日寇间接杀死的第一人。奇怪的是，自从母亲搬到沙市以后，母亲晚上再也不感到害怕了，每晚都睡得很沉、很香。

在沙市住定以后，父亲找到了一家私塾，把我塞了进去。一个戴瓜皮帽的糟老头子，一间阴暗的课堂，一本发黄的古书，几个和我年龄不相上下的小淘气，这样的学习生活真没意思。这个私塾一丁点儿也赶不上省七小，摇头晃脑讲课的塾师哪有七小的老师看着顺眼，更没有七小的老师讲课吸引人。一学期学下来，我只记住了孔老夫子的一句话：“学而时习之，不亦说乎！有朋自远方来，不亦乐乎！人不知而不愠，不亦君子乎！”谢天谢地，父亲这段时间，正在狂捧海派四大名旦之一的刘筱衡，顾不上我的学习。有时他请刘筱衡吃饭，我还能叨陪末座。刘筱衡只有二十几岁，是个长得很清秀而有几分女气的男子。每天晚上，他都唱压轴。只要父亲看戏，他都带我去。我讨厌大段唱腔，喜欢看武打戏，也特别喜欢青衣花衫的装束和跑圆场的碎步。刘筱衡常常请父亲点戏，少不了要点脍炙人口的《女起解》《三堂会审》等。听得多了，我便也能跟着唱几句了，当然赶不上何小莲唱得有韵味。我感谢父亲，是他把我领进了京剧艺术的殿堂，我以后痴迷旦角艺术，都是那时扎下的根。

西逃宜昌

不久沙市宣告吃紧，我们又举家西逃宜昌。当时兵荒马乱，父亲觉得带着一个年已及笄的大姑娘——我的大爹——逃难，很不安全，担心出什么事会毁了大爹的一生，于是便开始为大爹物色对象。大爹心目中的郎君早就有了个标准，必须是像我父亲那般人品的人，这就增加了找对象的难度。那时二爹正在学无线电发报，他认识一个同学，名叫庄次桥，贵州六盘水人。他父亲是当地财主，社会名人，和我们家倒是门当户对，只是庄次桥个矮略胖，只比大爹稍高一点，不过倒生就一副浓眉大眼，颇有男子汉粗犷的气度。经过二爹的撮合，他们认识了。开始大爹还有点失望，甚至有点委决不下，但接触几次，他们的感情马上升温。结婚以后，那更是如胶似漆，出双入对，“闺房之乐，有胜于画眉者”，从他们的斗室里，常常传出来嬉笑之声。父亲的一桩大心事终于了了，虽舍不得妹妹远嫁，但在非常年月，也就顾不了那么许多。

我们在宜昌曾过过一段极平静、极快乐的日子。那时日机经常轰炸宜昌，我们总是一大清早就雇木筏渡江到对岸——那里有无数连绵起伏的大山。山间小径旁，随处可见零星的酒肆饭馆。我们整天嬉戏在山林之间，泉水之滨，渴了喝清泉水，饿了吃冷馒头，有时还去酒肆吃点野味，偶尔还来一盘当地名菜青豆泥。我和妹妹都少不更事，哪里知道父亲这样安排，是为了能和即将“生离”的大爹、二爹多盘桓、多相聚一些日子。父亲带出来的钱已经所剩无几了，这点钱想让八口之家逃到举目无亲的四川去，已不可能。所以他当即决定，给一部分钱给二爹，决不让我们家的年轻男儿当亡国奴，让他留在后方继续学习和工作；大爹则随丈夫回贵州老家，剩下的七口人回武汉。当时父亲和母亲都认为，不管有什么可怕的灾难等着我们，武汉总算还有属于我们的窝。我们一家人真切地尝到了骨肉离散的痛苦。二爹和我们挥泪分手时不足二十岁，还是个什么都不懂的愣头青，一个人独闯世界，肯定会遇到很多难以想象的困难。胖奶奶为了求菩萨保佑儿子平安，从此长斋礼佛。

返汉途中

虽然那时才只有九岁，但我已经懂得了亡国之痛，我也能理解父亲这一“知其不可而为之”的良苦用心：老的老，小的小，漂泊异地他乡，将来的生活怎么办？我们全家怀着前途未卜的惶恐心情踏上了归途。

我们雇了三只带篷的大木船：父亲、母亲和妹妹坐一只木船；南无奶奶和三爹坐一只木船，我则和胖奶奶坐一只木船。和我们一同回武汉的还有别的家庭，我们结伴同行，一路上互相有个照应，也可以互相壮壮胆。

船家选的回武汉的路线全是小河和湖泊，这样可以避开日本兵。木船划出很远，经常看不到村落人家。有时也会停泊在小码头旁边，船家要买一些吃的、用的必需品。这时父亲总带着我和妹妹一起上岸。那些小集镇的街道都很窄，街两边有几家铺面，也有茶馆。从喝茶的人那里总可以听到些一鳞半爪的日军进犯的消息。小集镇上最便宜的东西是鱼，父亲、母亲又都最爱吃鱼，所以父亲每次上岸，都不会空手而归。带回两条活蹦乱跳的大鱼，由船家收拾以后熬成一大锅又白又浓的汤，大家就坐在船头上，人手一碗，呼呼啦啦又吃又喝，那种吃法真叫解馋。

有一次，集镇上的人告诉了我们一个非常可怕的消息：最近来了一股土匪，活动得很猖獗，专抢过往船只，奸淫掳掠，无恶不作，连船家也不能幸免；而且他们行踪不定，防不胜防。我们的船老大把手一摊："会不会碰到这伙强人，那只有听天由命了。"胖奶奶最担心的是母亲和三爹，她悄悄地告诉三爹："土匪一上船，我就跟你一起跳河。"只有父亲表现得最为镇定，不论什么时候，他都从容不迫，从来不失军人风度。

一天早晨，我们的船队又靠泊一个小镇，父亲、妹妹和我照例又上了岸，想带回两条鲜鱼。只见小镇的人脸上还留有余悸，纷纷谈论着昨晚发生的事。原来那股土匪昨晚洗劫了这个小镇，不仅抢了镇上人家的财物，而且抢走了船家、船客的现钱和金银首饰。但凡有点姿色的年轻妇女，也被他们先奸淫，然后掠走。镇上的铺面都关了门，看不见一个卖鱼的人。我们这支船队上的人都双手合十，感谢菩萨保佑，没有碰上这场劫难，他们连连催促船家赶快开船趱路，离开这个可怕的地方。我们真可算是最幸运的，因为一路上总不断听说船队被抢，我们却始终没遭遇那股土匪。

胖奶奶在不是提心吊胆、心情较好的时候，总给我讲《西游记》《红楼梦》的故事。看小说是她和三爹最大的爱好，偏又记性好，描写人物的细节都记得清清楚楚，绝不会张冠李戴，加之天生会说书，每次只要胖奶奶一开讲，我就会听得如痴如醉，什么土匪、强盗，我早就把他们统统抛在了脑后。木船在水上轻轻晃动，叮咚的水声不时传进耳鼓，更增添了心境的宁静。我最喜欢孙悟空，如果他能“奋起金箍棒”，还不把日本鬼子和土匪强盗打得跪地投降？当然我也喜欢猪八戒、刘姥姥、紫鹃、晴雯，这些人全在我脑子里活了起来。

就在摇橹的欸乃声中，船队经过了侏儒山，慢慢向汉口靠近。所有的人思想都开始紧张起来，因为我们马上就要跟杀人不眨眼的日本鬼子面对了，不知等待我们的是什么命运？父亲要大家检查一下箱子里有没有会引起鬼子怀疑的东西。他发现奶奶的箱子里有二爹留下的望远镜，父亲弯腰拿起来，犹豫了好一会儿，还是不顾奶奶的恳求，痛苦地把望远镜扔进了水里。奶奶的眼里已经汪满了泪水。

船队终于泊在了汉口集家嘴码头，码头上站着几个荷枪实弹的日本鬼子兵，“八嘎野鲁”的骂人脏话不绝于耳。人们低眉顺眼地排着队从鬼子面前走过，就这样在被搜查箱子、包裹，在被搜身的时候，少不了挨骂、挨打、挨踢，有的人还被拉到一边跪着。检查到我父亲时，他们看见父亲有神的眼睛、挺拔的身材、强壮的体魄，便一拳打过来：“你的，军人？”父亲只得学别人的样子，弓着腰，屈着背，满脸堆笑地说：“太君，我的做生意的良民。”幸亏要上岸的人多，你推我搡地朝前挤，都想赶快挤过这鬼门关，所以鬼子没时间多问我父亲，我们一家人就这样战战兢兢地闯过了鬼子的岗哨，住进了难民区，成了日寇统治下的良民。

难民的生活

那时我外公在武汉圣慧善堂管账，他求善堂的罗经理把新火路的房子租给我们，这样我们的家总算安顿了下来。这时父亲带出来的钱已经所剩无几，尽管一家人每天只吃一点点小菜，荤腥从来不进门，这日子仍然很难维持下去。父亲便常常给沦陷时期的几家武汉报纸投稿，换点稿费，勉强度日。除此之外，他因为有的是时间，常常逛文物市场、旧货市场，居然学会了辨别文物真伪的能力。凭着这份本事，他开始倒卖起文物、字画来。住在难民区的人，大多数都穷，谁还有心思去收藏、欣赏文物字画，父亲想赚点钱也很不容易，所以我们的日子总过得紧巴巴的。

从一回到汉口，母亲就怀孕了，可怜她鸡蛋都很少进口，哪还买得起肉和鱼。再说即使偶然煨一次汤，一大家人，真正能喝进母亲肚里的也只有那么一点点，更何况母亲是当家人，上有老，下有小，她总是让老的、小的先吃，自己吃剩的。荆州的那场脾寒已经使母亲的身体很虚弱，做良民以后的生活又过得那么苦，所以孕育在母亲体内的小弟弟肯定“先天不足”。在这种十分窘迫、走投无路的情况下，父亲只好去找已做了伪警备司令的叶蓬，求他派个差事；叶蓬答应得并不痛快，隔了两个月，才给了父亲一个闲差，每月薪资有限，家里只差没有断炊。

良民的日子真的很不好过，且不说出进难民区一定要给鬼子兵弯腰鞠躬，被他们搜身，莫名其妙地挨他们的打骂，受了羞辱还不敢吭一声；就是平时的日子也让人过得提心吊胆，一夕数惊。生活物资的缺乏是当时的大问题，买东西不仅限量，还常常断了货源。比如食盐、食油，在当时就是俏销货，吃没油盐的菜在难民区那是经常的事。再就是缺医少药，疫病流行。一九三九年的夏天，难民区的街头常常发现大人和小孩的尸体，等着各家善堂去收尸。老百姓这样做，一来是他们确实买不起棺木，二来是家里死了人还不能让鬼子知道，否则鬼子兵会把一家人都抓走，说这些人身上有病菌，把他们统统烧死。最可气的是，夏天的中午还不敢睡觉，鬼子兵会出人意料地闯进家来检查，只要发现有人躺在床上，就会把这个人捆绑起来，送到某个地方秘密地烧死，然后还派警察来收烧人的柴火钱。这就是日本鬼子所宣扬的“中日亲善”。

中小学先后恢复上课了。父亲带着我去见二十三小的校长熊衡伯，算起来他还是我父亲的表哥，有这层关系，我想熊校长一定会对我多几分照顾，谁知大谬不然。我那时念小学三年级上，级任老师是一位很和善的女老师，班上约莫有二三十位学生，都还比较听话。最大的学生可能有十二三岁，我和汪德卿最玩得来，他只比我大一岁。我们学校没有开日语课，但经常教唱日文歌。我至今还能边舞边唱《春来了》，可见小时候学的东西印象有多深。

我们班有个曾姓的男生，发育得比较早，个子比我们高出一头。只要一下课，他总是跑到一个叫张德英的女学生旁边，聊个没完。张德英是我们班长得最漂亮的女生，眉毛又弯又黑又长，眼睛又大又亮又俊，眼角略略向上，好像总是在笑。我和汪德卿都懵懵懂懂，不仅从不留意女生，而且还和她们壁垒分明，但我们都注意到了这一对少男少女的奇特关系，并且喜欢背后窃窃私议。终于从同学的嘴里，我们听到了一个使我们兴奋不已的词，“恋爱”，我们于是恍然大悟，原来男学生和女学生之间还可以有这种关系啊！

学校有个规定，每星期一早上第一节课以前，全校师生要集中在一个小院子里举行朝会，由校长熊衡伯给师生训话。这一天活该我倒霉，我本来听得很专心，我身后的一个同学捅了我一下，大声问我：“熊校长真是你的表伯？”我头也没回地回答了一句：“那还有假。”话刚说完，熊校长在讲台上大吼一声：“周牧，快上台来，”我刚一站到台上，他脸涨得通红地指着我的鼻子叱骂我：“你以为你是我的亲戚，就可以不守规矩，就可以在朝会上随便说话。我今天不打你，我以后还怎么管学生！”说完，“啪啪啪”一连打了我二十竹板，打得我龇牙咧嘴，疼得钻心。但我强忍着没有流下眼泪。看那熊表伯的神情，好像这次打还不能解他的气，因为他的眼睛里还闪着余怒未息的凶光。熊校长这一招并没有收到预期的效果，因为大多数同学都为我不平，都不约而同地站到了我这一边，都认为他这次打我打得很没道理，大声问话的人倒没事，小声回答的人倒挨打，有这样管学生的吗？级任老师和汪德卿更是我的支持者："如果熊校长真要告诉你的父亲，我们都可以为你作证。"谢天谢地，家里人都不知道我在学校挨打的事。自从这以后，再遇见这位熊表伯，我的神情总是淡淡的，他的神情总是讪讪地，鬼知道他那天朝会上为什么火那么大？他也因此永远失去了我对他的尊敬。

家里添了个小天使

农历一九三九年七月十二日这天下午，母亲的肚子隐隐作痛，她告诉父亲："可能要生了。"父亲马上去汉正街的普爱医院请来了助产士。傍晚七点，阵痛发作得更频繁、更厉害，胖奶奶和三爹都充当了助产士的下手，父亲则带着我和妹妹上了楼顶的平台，在地上铺好草席，我和妹妹睡在父亲的身边，听他七扯八拉地讲故事。他这样做是想分散我们的注意力，也分散他的注意力。月光照在父亲的脸上，他的脸色是那样慈和、那样安详，他不想让我们听到母亲的叫

后排从右至左：父亲周希文、母亲毛诗宗、娘陈祖绚
前排从右至左：弟弟周笠、周牧、二妹妹周大珉、三妹妹周小珉、大妹妹周英子

唤和呻吟，便把我和妹妹搂得紧紧的，笑着说："快了，快了，很快就会过去的，你们又会有一个小妹妹或者小弟弟了，你们希望是小弟弟还是小妹妹？"

妹妹希望是小妹妹，我希望是小弟弟，就在我们争执不下的时候，"哇——"一阵婴儿响亮的啼哭声和三爹、奶奶的欢笑声传到了平台上，奶奶在楼下大声叫着："兆熊，快下来看哪，我们周家又添了一个男丁，大喜事啊！"我们飞也似的跑进母亲房里，母亲神色平静而幸福地躺在床上，怀中抱着一个还睁不开眼睛的小男孩，那皮肤好红，两只小手在空中舞动着，好像要抓住什么。父亲用手轻抚了一下母亲的脸颊，又弯下腰轻吻了一下婴儿的脸，嘴里喃喃地说："我的小儿子，我的小儿子，你会给我们家带来好运的。"那眼色更加柔和，也更加慈祥，那是一张世界上最好看的"为人父"的脸。

当时我们家虽然穷，虽然胖奶奶和南无奶奶都不是父亲的亲生母亲，但因为父亲宽厚孝谨，母亲温良贤淑，一家人的关系处得相当和睦，尤其是两姑嫂，亲得就像姐妹一样。三爹只要有什么事，总喜欢去问嫂子，倒很少问奶奶。自从母亲添了小弟弟以后，三爹更成了母亲最得力的帮手。她常常抱着小弟弟在屋子里踱来踱去，嘴里还哼着歌。最有意思的是，每当小弟弟哇哇大哭的时候，只要三爹一抱，只要听见三爹的歌声，小弟弟马上就安静下来，一双又黑又亮的眼睛先是盯着三爹的脸，然后慢慢进入梦乡。因为大家都喜欢叫这个周家的小男丁“小弟弟”，所以父亲索性就给他起了“棣棣”这个小名。

生活是那样穷困，那样艰难，但自从有了棣棣，他不仅给我们家带来了欢乐，也给四邻八里增添了欢笑。邻居家的老爷爷、老奶奶都抢着抱这个小天使。我清楚地记得棣棣周岁那天，左右邻居都纷纷送来贺礼，母亲高兴得亲自下厨下长寿面，一碗一碗送到邻居家。邻居们都说，这是住进难民区以后第一次那么开心、那么喜庆。那真挚的乡邻情谊，那感人的淳朴贺词，那热闹的欢乐场面，我永远难以忘怀。

那段时间，南无奶奶一直住在校厂湖准提阁里。准提阁是个家庙，当家师傅陈师太慈眉善目，一心礼佛。她原本有几个徒弟，战争一打起来，都自寻生路去了，身边只留下了一个带发修行的定师傅。庙里有空房，南无奶奶无儿无女，她看破红尘，想寻个安静去处，长斋念佛，修个来生，所以便租住在准提阁里。她常常一个人来到难民区，跟我们一起住几天。南无奶奶特别疼爱我，总是和我一起睡一张床。她性格宽和，少言寡语，从来都无欲无求，儿孙辈都很喜欢她、敬重她。自从我们家有了可爱的小棣棣，她来难民区来得更勤了，和我们待在一起的时间比以前明显长多了，母亲拍着棣棣的胖屁股，笑问："你这个小丑八怪，怎么会有这么多人喜欢你啊！"

二姨一家人

父亲这时又结交了几个新朋友，经他们撺掇，他决定去南京、苏州一带找份工作。他答应母亲，只要他有了安身之处，就马上接母亲和一家人去他的任所。当时兵荒马乱，可想而知母亲是多么不放心，但她还是坚决支持父亲远行求职。

父亲走后，家里的生活很平静。母亲的亲妹妹——二姨一家也从应城搬回汉口难民区，住在离新火路不远的大火路。二姨爹许一清出生于应城名门望族之家，他父亲曾在应城担任过很长一段时间的县长。二姨爹为人忠厚老实，从来不会耍奸使滑，脾气特别倔强，他一生郁郁不得志，就吃亏在脾气上。二姨有三个儿子，大儿子汉成比我小四五岁，我们表兄弟在一起玩得可欢了。我们先玩陀螺，有木制的，也有铁制的，很便宜，我们两家都买得起。我和汉成总在巷子里打陀螺。我先把陀螺打得飞转，然后慢慢靠近汉成的也在旋转个不停的陀螺，相撞以后，其中一个陀螺便像吃了败仗的伤兵一样，歪歪倒倒地转几圈以后，便躺在地上不动了。当然，总是我赢的次数居多，因为我年龄长，力气大。后来我们又迷上了滚铁环。我们家附近有个求神善堂，里边有个很大的院子，我和汉成总是把铁环滚到院子里去，沿着院墙跑圈圈，谁的铁环先倒地，谁就输了。当然又是汉成输的次数居多。这些最简单、最便宜的玩具给我们的童年带来了巨大的欢乐。

对于我的“贪玩”，母亲从来不大管，她知道我的体质很弱，关在家里不是个事；能到户外跑跑跳跳，多活动一下筋骨，多晒晒太阳，多吸点新鲜空气，对增强我的体质只会有好处。一次她在帮我换衣服的时候告诉我，我刚满两岁那会儿，得了白喉病，爷爷马上命人把我送到协和医院——我就是在这个医院出生的。医生用了最好的药，但还是控制不了病情的恶化。医院下了病危通知书，要把我送进太平间。母亲紧紧抱住我不放，她对我父亲说："我的儿子就是死，也要死在自己的家里。快把我们接回家去。"一到家，父亲含着泪把我放在已铺了草席的地上，一家人流着泪围在我身边，静静地，谁也不说话，可以想见他们那一刻该是多么悲痛、多么无助啊。正当我奄奄一息的时候，爷爷的一位朋友带着一名草医闯进了家里，他对我爷爷说："让我的朋友试试吧，他救活过好多害白喉病的小孩。"爷爷就像个溺水的人捞到了一根稻草："活菩萨，快救救我的小孙子吧，我们全家人忘不了你的大恩大德。"

这位医生不慌不忙地从衣兜里拿出了一个小瓶儿，把一些药粉倒在一张薄纸上，卷成圆筒，让母亲帮我张开嘴；他对着圆筒轻轻一吹，药全吹到了喉部。他把药瓶盖好，递到母亲手里："你就照着我刚才的样子做，每天三次，准保有效。五天以后我再来看看。"爷爷千恩万谢地陪他们去外边谈话。奇迹真地出现了，封喉的蛾子好像遇到了克星，就像霜打过的茄子一样，一天一天蔫了下去。到第五天头上，那几乎要了我的小命的蛾子完全消失了，我终于活了下来。一家人欢天喜地，重新有了笑容。爷爷准备了一大笔丰厚的酬金，要酬谢那位救命的“活菩萨”，可那位“活菩萨”就再也没有现过真身。爷爷便把这笔钱捐给了准提阁的陈师太。母亲讲完这件事以后，从相册里抽出一张照片，照片上是一个很胖的憨态可掬的男婴，赤身露体地趴在绒毯上，正对着看他的人笑呢。母亲告诉我，这是我一岁时参加全武汉市婴儿健康比赛荣获第一名时的照片。我真难以想象，那个健壮的小男孩竟差一点被白喉夺去了生命；我更难以想象，那个在婴儿健康比赛上荣获冠军的小胖子，竟会是现在这样文弱的我。我这才理解母亲让我和汉成尽情地玩，对我放任不管的原因。

那段像野马似的纵情嬉戏、玩闹蹦跳的日子，还真的大大增强了我的体质。

一天晚上二姨来看母亲，告诉母亲最近她看了一个电影，片名叫《李三娘》，她有声有色地把李三娘磨坊产子，千里送儿，最后夫妻、母子团圆的故事讲给母亲听，讲到动人处，两姐妹还不停地擦眼泪。我也被这个凄美的故事吸引住了。二姨还告诉母亲，那个演李三娘的演员叫周璇，不仅人长得清秀，而且歌也唱得好听。这是我第一次听见周璇这个名字，从此这个名字便在我脑海里扎了根。

从那时起，我们和二姨家不是同住一个屋子，就是住在相距不远的两个地方，巧的是，两家的命运也紧紧地连在了一起。

回老家苏州

我早就听奶奶说，苏州是我们的老家。我们有个叫“周顺昌”的老祖宗，他在苏州为官时，勤政为民，深得苏州父老乡亲的敬爱。当朝廷听信宦官谗言，把他投进监狱的时候，苏州的老百姓自发地组织起来，要求朝廷无罪释放周顺昌。当时为周顺昌喊冤、执香为周吏部乞命的有几万人，并且发生了和逮人的“东厂”（明朝宦官掌握的特务机关）的旗卫，展开了殴击的大暴动。听说“吴人尽反”，吓得大宦官魏忠贤心胆俱寒。为了镇压这起暴动，他们抓了并且杀了领头的五个人：颜佩韦、周文元等，周文元是周顺昌的轿夫。由此可见我们的老祖宗周顺昌是多么深得民心。这次我到了苏州，一定要去拜谒为五位义士立的墓碑，也要拜谒我那冤死狱中的老祖宗周顺昌的墓。这是我去苏州老家的一个心愿。

我们坐江顺丸先去南京。船上有一半是日本兵和日本商人。这么近距离地跟这么多日本兵面对，心里真是又恨又怕。奶奶、三爹和母亲都躲在统舱里不敢露面，只有妹妹和我不顾母亲的阻拦，要去甲板上看江景。一次，我不留意走进了日本人洗澡的地方，只见男男女女都脱光了身子，挤在一起洗澡，女的竟没有一点难为情的神色。我回来把这个发现告诉奶奶，奶奶倒羞红了脸，啐了一口："真是畜生，连羞耻都不懂。"从那以后，母亲再也不让妹妹跟我一起上甲板乱跑了。

我们在南京下关码头上岸以后，接着就坐火车去苏州。这只是几个小时的行程。我、妹妹，连刚一岁的棣棣都喜欢趴在车窗上看窗外的景色。这真是"儿童不知亡国恨"，我们哪里想到，苏州和武汉一样，我们仍然生活在敌人刺刀的阴影下。

父亲因为有公务，分不开身，只派了一个勤务兵来车站接我们，把我们送到观前街一家饭店，我们在那儿住了一晚上。陌生的故乡，什么对我来说，都是那么新奇。第二天早上，我跑到饭店门口，欣赏苏州的街景。观前街不太宽，铺着青石，街两边都是大商店，比汉口难民区的长堤街、汉正街漂亮多了。街上来往的行人大多衣着整洁，说一口吴侬软语，行为举止完全没有武汉人的浮躁气。不管是斯斯文文的读书人，还是街头叫卖的小摊贩，都是那么平和，那么宁静，听他们谈话，总使人有如沐清风之感。

母亲把我叫回了饭店，我们正在一起吃很可口的糯米灌藕，忽然听见久违的父亲那洪亮的声音从门外传来。他三步并作两步走进房里，一把抱起了棣棣，亲了一下："小儿子都这么大了，快叫爸爸。"棣棣乖巧地叫了一声，喜得父亲眉梢眼角都是笑。父亲催我们赶快收拾好东西，跟他一起去新居。

我们的新居好大、好漂亮。一进大门，是一个设计得很精美的大花园，里边种满了各种名贵的树木，绿草地围绕着各种形状的花坛。当时是春天，花开得特别繁盛，引来了无数的蜜蜂和彩蝶。两边的墙上爬满了木香藤，淡黄色的木香散发出阵阵幽香。我们住的是典型的江南民居，木砖结构，堂屋和灶间两边各有四间大房，我们家租住左边，父亲的同事李参谋和他的新婚妻子租住另一边。每间房的玻璃窗都很大，窗外花园的景色坐在房间里就能一览无余。

我们住房的后边是一个相当宽敞的后花园，花圃之间辟出了几块菜地，青菜长势很好。后花园尽头，矗立着一栋西式两层洋房，红砖砌就，窗框一律漆成白色，配以绿窗纱，显得典雅而华贵。这是房东全家的住所。房东姓金，金老太爷曾当过好几任省教育厅长，这些房产和乡下的田产都是在他在任时置办的。日本兵来时，他刚过世，如今是金老太太当家。这位老太太梳个S头，衣服朴素得体。她每天只到前花园来一次，因为她烧香拜佛的佛堂就在前花园的左边。她每天的早课大概一个小时，二媳妇便拎着一个小篾篮给她送来早点。吃完早点，在前花园的小径上转转，便由二媳妇扶着回她的房间休息。有时她碰见正在玩闹的我们，只是眼含笑意地看看我们，从不和我们说什么，所以我至今还想不起来这位老太太说话是什么声音。她只有两个儿子：大儿子是大学生，去了重庆，家里留下个很漂亮、很有风度的大媳妇。这位少妇深居简出，从来不到前边院子来，也从不和母亲、三爹搭话，但我能感觉到她其实是个很和顺的女人，说话的声音也很好听。那时我对她那种封闭的生活方式一点也不理解，后来我才懂了，前院住着两个既年轻又英俊的军官，老太太怎么放心让她面目姣好的大媳妇“抛头露面”呢。二儿子长相粗蠢，像个从未见过世面的山里人，没有受过多少教育，平时寡言少语，偶然笑一笑，倒让人感觉到他很憨厚。他娶了个农村姑娘，相貌和他很般配，家里的粗活全由他们俩包了下来，后花园里的菜地就是他们辟出来的。金老太太对二媳妇很放心，让她前前后后忙出忙进，精明的老太太知道，年轻的男人绝不会对二媳妇那样的女人起坏心。

我和妹妹都被送进了附近的一所小学。我本应该读四年级，江苏一带教学水平高，教导主任用苏州的教科书测试了我一下，认为我只能从三年级读起。我们班的级任老师二十刚过，喜欢打扮，隔一两天，就换一套行头。她的发型保持得很好，是周曼华在《金粉世家》中梳的那种很时髦的发型。她有弯弯的眉，大大的眼，小巧的鼻子和嘴，我在听她讲课时，脑子却在飞快地转：有这样一张漂亮的脸，又有这么好的身材，怎么不去当个电影明星，偏偏要来当个孩子王？

我之所以年仅十岁多一点，就成了追星族，完全是父亲的一位勤务兵培养成的。他自己迷上了电影，说是带着我到外边去玩，其实是带我一起去看电影。看完以后，他便向母亲报告，今天他又陪大少爷看了什么新电影。他这么一说，母亲还能不给他双份电影票的钱？于是我看了很多国产电影：李绮年的《杨乃武与小白菜》，张翠红的《观世音》，周璇、周曼华的《黑天堂》等，我这才知道原来电影世界是这样精彩。

我之所以年仅十岁多一点，就成了京剧迷，则是我父亲一手培养成的。当时苏州的开明大戏院可以说是周周好戏连台，因为苏州离上海近，上海的京剧名家常来苏州演出。苏州的寓公又多，他们有的是闲和钱，只要来的是名角，总是场场客满。像周信芳、童芷苓、言慧珠、梁小鸾、小王桂卿、陈鹤峰、高百岁等，都曾在开明大戏院演出过。父亲常常带我去看，有时他很忙，就给我钱让我自己买票看。这一时期，最让我着迷的是机关布景连台本戏《西游记》，好多《西游记》里的故事，我都是从京剧舞台上知道的。

我之所以年仅十岁多一点，就成了小说迷，又完全是受了父亲和三爹的影响。父亲一生爱读书，他房间里挂着的那副对联，真可以说是他的写照："厨火已红忘数米，俸钱稍积欲添书。"他就是这样一个爱买书、爱读书的人。原来我们在校厂湖的住所里，有好几大书柜藏书，有全套的《东方杂志》。鬼子一来，掳掠一空。到苏州以后，父亲又开始买书了。他每周都要给我买好几种儿童读物，家里还订了两份报纸。三爹虽只有小学毕业的文化程度，但嗜书如命，无论什么书，她都能津津有味地读下去，而且记性特别好，几乎过目不忘，能把看过的书的内容原原本本地讲出来。那时报纸最吸引我的栏目是连载连环画，其中《三笑姻缘》和《聊斋故事》给我印象最深。连环画的画家是董天野，他只用寥寥几笔，就能把人物的神韵全勾勒出来；真可以说，他的每一幅画作都是一件艺术品。在父亲和三爹的熏陶下，我对看小说产生了浓厚的兴趣。

那时观前街有一家很大的租书铺，每月只交三块钱，办一个借书证，一次可以借两本，当天看完，当天就可以换。可租的书大多是武侠小说和野史小说，也偶尔有几本言情小说。每次借回书来，我和三爹就坐下来，什么都抛在了脑后，大口大口地啃这些书，什么《江湖奇侠传》《七剑十三侠》，什么《宏碧缘》《粉妆楼》，什么《东游记》《南游记》，什么《唐祝文周四杰传》，全都看了个遍。父亲信奉“开卷有益”这句话，另外他认为，所有的孩子都要经过迷恋武侠小说这个阶段，武侠小说看多了，自然会觉得没多大意思，便转而读其他真正有价值的书。我的情况正是这样。看了一年多的武侠小说，那雷同的情节、怪诞的故事、粗劣的文笔，渐渐地败了我的胃口，我开始喜欢看《万象》这类杂志，喜欢读一些名家写的短篇小说，我的文字功夫也有了长进。我生平第一次写了一封洋溢着思友之情的信，那封信居然被住在汉口的汪德卿收到了。以后我和汪德卿每每谈起此事，都会拊掌大笑。

我结识了两位新朋友，一个叫童光和，一个叫程育礼。我们常常在一起踢小皮球。童光和尖下巴，眉眼挤在一起，属于那种长相不出众的男孩；而程育礼则丰姿俊爽，秀色逼人，并踢得一脚好球。三个人中数我的球技最差，上场的机会最少，但程育礼总鼓励我：“别看你踢球没我们踢得好，你很会带球，你的假动作常常能迷惑住人，看得出你很聪明。”我至今都忘不了他那诚恳的鼓励的眼神。

我们家的宁静被打破了。我常常看见母亲暗自生气，偷偷垂泪。有时半夜醒来听见父母亲的房间里有争吵的声音，我想问又不敢问；但我知道，父母亲之间一定出了重大的事。奶奶和三爹一下子都变得缄默起来。

记得那是一个灰蒙蒙的阴天的下午，时令已属深秋。父亲说今天他没事，想带我和妹妹一起出去玩。我们来到观前街玄妙观旁。我看见一个二十四五岁的女子伫立在那儿，好像在等人。父亲带着我们径直走了过去。那女子一看见我们，眼里流露出一种又是惊喜又是诧异的神情。父亲要我们叫她陈老师，她只说了一句："没想到你的儿子都这么大了。"那意思有点失望。父亲忙接着说："他成绩不很好，以后还要请你这位老师多帮助他呢。"我隐约感觉到这个女子和父母亲最近常常发生的争吵有关，也明白了今天父亲带我们出来的用意。但这女子看起来忠厚本色，说话轻言细语，她那眼神里并没憎嫌妹妹和我的意思，我也就消除了几分对她的敌意。父亲把我们带到了苏州的郊外，苍黄的天幕下，只有几家破旧的农舍。父亲要我和妹妹自己去玩，显然他们要谈重要的事。我那时真糊涂，居然没多长一个心眼，还到处乱跑，不停地嬉闹，忘了"监视"父亲和陈老师的行动。

到了下午五点暮色四合的时候，我和妹妹正往回走，突然听见陈老师一声尖叫。我们赶紧跑过去一看，原来她在闪避我父亲追逐的那一刻，不小心掉进了泥淖里。泥淖里全是外干内湿的淤泥，她越是挣扎，就陷得越深。父亲这时俨然成了绝境救美的英雄，当然我也助了父亲一臂之力，总算把陈老师从泥淖的淤泥里救了出来。不过陈老师并没有出淤泥而不染，首先是一只上好的皮鞋深陷泥里，身为军人的父亲也不敢冒险去取；袜子和旗袍也留下了多处泥印。陈老师并没有因为自己形象的受损而迁怒于父亲，她的心情好像比刚出游时更好了一些。从她的眼睛里我看得出，她是爱我父亲的；而且因了这份爱，她愿意接纳我们这一对已经不小的儿女，愿意接受“妾”的名分。

父亲叫了三辆人力车，先去观前街的时装店，为陈老师买了一双新鞋和一袭新旗袍，接着去稻香村吃了晚饭。晚饭后，父亲又带我们去开明大戏院看京剧。那天是小王桂卿演《真假美猴王》，是我早就想看的戏，但开锣没好久，父亲说他很累，想休息，便带着我们去了一家旅馆。我倒是真的累了，一倒在床上，便进了黑甜梦乡。直到第二天早上，父亲和陈老师站在床前，把我们叫醒，我才想起今天是星期一，我们还得赶到学校去上课。

外边下起了丝丝的秋雨。父亲送走了陈老师，又赶忙把没有事先带好书包的妹妹和我送到学校。等中午我们回家时，我发现家里有一种让人备感压抑的沉默，我知道一件将影响我们家庭生活、家庭关系的大事，就这么决定了。为了不让母子离散，母亲选择了隐忍，我能理解母亲的处境和苦心。

其实据我从旁观察，母亲和父亲没有离异，主要是他们之间的那份夫妻的真情还没有完全泯灭，父亲忘不了他们同甘共苦、风雨同舟的经历，忘不了母亲为这个家所付出的辛勤和劬劳，忘不了母亲哺育三个儿女所花费的心血；在父亲对母亲的爱中，还包含着“敬”。母亲正是感觉到了这一点，触摸到了父亲的心，所以她能大度地接纳这位同样爱着父亲而又能给父亲爱的女人。母亲并不软弱，她终身奉行的是“从一而终”的原则，她要爱父亲爱到底，扶助丈夫扶助到底，以后母亲的行为，包括父亲被抓进监狱以后的奔走营救；包括顶着压力，冒着风雪只身刑场寻夫，并安葬好遗骸；包括以后坚不改嫁，维系一个完整的家，都无不在在证明了这一点。

陈老师终于嫁到我们家来了，我们叫她“娘”，三爹叫她“新嫂子”。娘的家里有年老的父母，都是非常慈祥的老人家。一个哥哥是精益眼镜公司老板的女婿，是一个专业和英语都好的光学专家，暂住在昆明。娘受过中等教育，不仅外貌清秀可人，性格也很温厚善良。她从来不着意打扮，妻妾之间那种挑是拨非、争风吃醋的事从来没有过。她一进我家，就处处让母亲一头，家里的大事由母亲决定，下厨做饭的活儿她抢在头里。不到一个来月，便赢得了我们全家人的敬重和信任。

一天下午，母亲、三爹正抱着棣棣在堂屋里玩，一个中年和尚从房东金老太太那里出来，穿过堂屋，向大门走去。母亲曾听金老太太说过，这个和尚道行很高，能知过去未来，母亲便请和尚留步，给棣棣算个命。和尚听了棣棣的生辰八字，掐指算了一会儿，说出了一番惊人的话语：“这位小少爷前生是位得道高僧，今生命里会有很多贵人相助，将来要比他父亲强，”他对母亲说，“施主虽生了五胎，但你命中只有两男一女。你家大少爷可能有点劫难，贫僧可帮施主化解。”母亲忙问怎么个化解法，和尚双手合十道：“只需在佛祖前点一年长明灯，可保逢凶化吉，遇难呈祥。”母亲忙按和尚说的给了一年的灯油钱。全家人对和尚的警示，也没太放在心上。

又过了半年，一天中午，娘和三爹正在厨房做饭。诱人的菜香把饥肠辘辘的我吸引了进去，我看见娘正在炒韭菜千张，吵着要吃，娘便给我添了一小碗饭，夹了几筷子韭菜千张，我靠着墙吃得津津有味。突然，眼前白光一闪，原来系电灯的绳子断了，长长的电线垂挂着有玻璃灯罩的电灯，正朝我的脸部飞快地甩过来。娘和三爹刚一发现这一情况，连喊都来不及，电灯一下子就砸在了我的脸上，灯罩撞碎了，饭碗也摔碎了，血一下子涌了出来。娘吓得手直发抖，她死劲用手按紧我脸部的出血口，三爹赶快找来了毛巾、脸盆帮我洗伤口，他们都很担心我的一只眼睛很可能保不住。母亲和奶奶也闻声赶来。三爹把我脸上的血擦干净以后，大家才看清，一寸多长的伤口就在我左眉梢上；只要往下来一点，我就变成了“独眼龙”。奶奶口里连连念佛：“破了相好，躲过了这一关，就不会有大灾大难了。”母亲也点头说：“那和尚说得真准，幸亏我们点了那盏长明灯。”

又过了半年，那位和尚又来到金家，他特地来到母亲面前，双手合十说：“施主，身体可好？那长明灯到今天刚好一年，已经替您灭了。大少爷去年没出大事吧？”母亲便把电灯罩砸破相的事给和尚说了一遍，和尚连连说：“善哉，善哉！大少爷以后再不会有什么事了。”真像那和尚预言的一样，打这以后的六十多年，我真的很平安。即使在“文化大革命”中，我生平第一次受到最大的冲击，也总有人暗中保护我，使我免受涂炭之苦。

在程育礼的生日那天，我终于拜访了他的家。一进门，就可以看出，这是个殷实的富户。房屋虽不是雕梁画栋，但门扇窗棂雕工的细致，整个房舍布局的规整，都可以看出修建这所宅邸所费不赀。房前屋后的花园里，姹紫嫣红，繁花似锦，亭台水池，掩映其间。我和童光和在假山石洞里玩起了捉迷藏的游戏。当我躲到假山石最高处的一个小洞里时，我忽然看见隔着花园的粉墙，有一座很大的坟墓，坟墓前有一块比一般墓碑高得多的墓碑。我的心不由得一动，也没心思再玩游戏了。我找到了程育礼，问他：“隔壁的墓是谁的墓？”

“这你还不知道？就是被阉党魏忠贤杀死的五位义士的墓。”

“那周顺昌的墓呢？”

“可惜啊！周顺昌冤死在监狱里，不知道狱卒把他偷偷埋在了什么地方。”

我立即请求程育礼、童光和陪我去五义士的陵园。陵园的大门很小，门外也没有牌子，绕着花草间的小径走二三十步就看到了墓碑和坟墓。墓碑前的香炉里，有烧残的香烛，一副冷清落寞的景象，这也很自然，挣扎在日寇铁蹄下的中国人，自己都朝不保夕，哪还有心情来缅怀、祭奠先贤？我告诉他们，周顺昌是我们家的祖先，程育礼马上跑回家取来了香纸蜡烛，点燃了插在香炉里。我们三个人在墓碑前肃立了一会儿。我们很想读一读墓碑上的《五人墓碑记》，一起辨认了一下碑刻，随着岁月的磨蚀，有些碑文上的字已经模糊难辨了。我的心感到一阵悲凉，在苍茫的暮色中，我们走出了陵园。

苏州那一年半的生活，给我留下了无数美好的回忆。那时我们的家境一点也不宽裕，一家八口人都指靠着父亲一个人的工资过日子，有时买不起菜，就煮一大锅掺和着青菜的烫饭，一人一碗，一日三餐，都是一个样。对我们孙辈的特殊优待是每人碗里再加一勺白汪汪的猪油，那猪油怎么那么香，那么鲜。棣棣的早饭跟我们的不同，由我去馄饨馆里端一碗馄饨皮回来，棣棣依然吃得有滋有味，那时我们家哪里买得起带馅的馄饨啊！

尽管日子过得紧巴巴的，但心情很轻松，很愉快，父母亲给了我们一个没有压力、自由自在的快乐的童年。苏州的虎丘、寒山寺、西园、狮子林、玄妙观都留下了我们的足迹，都留下了我们的欢笑声。我每次出游都要带上妹妹，有时三爹也陪我们一起去，我们总是玩得黑汗水流地回来，心里别提多畅快了。就从这时起，我的个儿直往上冲。

我和妹妹都迷上了养蚕。开始我们是花钱从小贩手里买。那蚕宝宝小得像半粒米那么一点大，每天我们给它们准备新鲜的、干净的桑叶。望着它们慢慢长大，接着身子放光，然后翘起胖脑袋前后晃动着耐心地织茧。第二天，好几十个有黄有白的茧就结成了。蚕宝宝安安稳稳地躲进了它们为自己织就的安乐窝里。我们把一部分茧放进开水里煮，等茧子凉后从茧子上抽出一根细丝，绾在折叠起来的纸卷儿上，开始缫丝。用这种方法，我们就有了墨盒里的丝绵，就有了妹妹头发上的丝绒花。另一部分茧子放在一个大纸盒里，到时候，由蚕蛹变成的蛾子咬破茧，就会在纸片上产下无数的卵，这样我们就不用从小贩那儿买蚕宝宝了。

我还用玻璃缸养过蝌蚪。那些小不点儿就像毛笔尖洒进水里的一滴滴浓墨汁，那样活泼，那样充满生命力，永不停息地在玻璃缸里游来游去。一等它们的尾巴掉了，我便把它们送回它们原来的家——清清亮亮的小水渠。

我们家养的那群鸡更是我的好朋友。一群鸡中只有一只公鸡，它的确雄悍、漂亮，脖子上是金色的羽毛，衬着大红的鸡冠和一双炯炯有神的眼睛，再加上墨绿而闪亮的尾羽，高高地翘起，显得那样英姿勃发，出类拔萃。平时它高视阔步，威风凛凛，一副君临天下、睥睨一切的傲慢相，我很看不来它的这一点，下决心要打打它的傲气。揍它，我揍不下手；踢它，我抬不起脚，我便追它。它开始满不把我当回事，我在后面追，它在前边跑，它还一边跑一边“咯咯哒哒”地骂我。我紧追不舍，不让它有一刻喘息的机会，渐渐地，它的骂声、抗议声越来越低，越来越稀，最终只顾仓皇逃窜，到最后终于低下了它那高傲的头，瑟瑟缩缩地蹲在地上，真正地威风扫地了。以后只要我做出要追它的姿势，它便马上低头臣服，正眼都不敢瞧我，连英雄末路的气势都一点也没有了。一开头，我确实感到很解气，继而一想，我这是在干啥？它骄它的傲，它神它的气，干卿底事？母鸡们并不因此而拥戴我，只要一看见我，就像看见了兀鹰，吓得四处躲藏。这促使我要改变自己对鸡们的态度。经过一段时间关系的调整，鸡们又重新喜欢起我来。特别让人高兴的是，那只雄鸡虽然重振雄风，但却不像从前那么桀骜不驯了。我们这种亲睦的关系一直保持到我们家离开苏州。

我那渐渐长大的个儿居然派上了大用场。那是一个下着淅淅沥沥小雨的晚上，一群强盗不知什么时候，也不知用什么办法钻进了金府大院。晚饭以后全家人，除了父亲因公事在外地奔波，没有回来以外，都聚在母亲的房里逗棣棣玩。棣棣越长越可爱，也越长越聪明，一张小嘴巴说话哄死人，大家都疼他，也都喜欢逗他说话。他常常能说出一句话来，逗得人直乐。我当时正坐在奶奶房里的马桶上出恭，手里捧着一本小说，低着头看得津津有味。等到大家发现棣棣的眼睛已经有点睁不开了，便都各自散去睡觉。第二天一大早是个晴好天气。金老太太照例起得很早，她刚披衣坐起，便发现房里的衣箱、衣柜、抽屉均被打开，地上散乱地扔着衣服和其他东西，显然这些东西都是昨晚贼人挑拣不要的，金老太太当时吓得浑身瑟瑟发抖，连叫都叫不出来，二媳妇是个勤快女人，她听见婆婆房里有响动，便推开门进去一看，只惊得大叫一声："老二快来，强盗偷东西了。"二儿子赶紧跑了过来，也吓得呆呆地站在那儿，说不出话来。楼上的大媳妇突然尖声地又哭又喊："天杀的，把我的金银首饰全偷光了，快去叫警察呀！"

后边洋楼正闹得沸反盈天，前院又传来了李太太的哀号声。这一片哭嚎声早把我们全家惊醒，我们慌忙火急地跑出门外，只见李太太的房门大开，地板上一片狼藉，李太太披头散发，坐在地上干号："丢了这么多东西，叫我跟先生怎么交代，他会打死我的！"说罢捂着脸失声痛哭。我在李太太房间后墙看见了一个现挖出来的大洞，贼人显然是从这个洞钻进房间的，那洞龇牙咧嘴的，就是在白天看起来都有点怕人。奶奶在一旁自言自语地说："老话早就说过，偷风莫偷月，偷雨莫偷雪，这话说得还真对啊，贼人就是利用下雨的声音很大，挖洞才没被听见。"精明的金家大媳妇当即报了警，这次金家和李家损失都很惨。苏州警察局破案倒相当神速，只用了三天时间就人赃俱获，当问及怎么没偷金家二少爷和我们家的东西时，贼人的头子说："我们踩点时，发现有男人在，我们就放过这一家，我们才不想给自己惹麻烦呢。""原来贼人把刚十一岁的长清也当成了大男人，才没偷我们家，长清，你可为我们家立了一功啊！"奶奶高兴地说。才从外边回来的父亲拍了拍我的头，得意地笑了。

但是我们家还是失窃过一次，小偷就是那位多次以陪大少爷看电影为名，而行自己看电影之实的勤务兵。他早就相中了父亲唯一的一块比较名贵的怀表，趁全家人都不在房间，伸出了贼手。母亲发现怀表失踪，首先拷问的是我，她认定一定是我把怀表拿到学校去了，想在同学面前炫耀一番。我遭到如此泼天的冤枉，当然要大声喊屈叫冤，不管母亲怎么捶我、打我，我就是不承认；父亲回来以后，也首先怀疑我，我又一次矢口否认。尽管父亲的棍子雨点般地落在我身上，我还是一口咬定，我没有拿。令我感到奇怪的是，父亲和母亲都没有怀疑过那个勤务兵，甚至在私下里也没议论过他，却宁可怀疑自己的儿子。直到我长大以后，我才懂得了他们那种待人以诚、以信的生活准则。那个勤务兵一定是在父亲拷问我的时候，他也在拷问他的灵魂，然后幡然悔悟，主动向父亲承认了他偷表的行为，并说他已将表卖了，卖的钱他已寄给了乡下生病的母亲。父亲说：“你需要钱，为什么不告诉我们呢？”勤务兵说：“你们连买菜的钱都要省下来，我好意思向你们开口吗？”父亲叹了口气说：“急用又是另一回事了，你还需要钱吗？”勤务兵连连摇手：

“真的不需要，您老别操心。”父亲又叹了口气说：“我可要劝你一句，以后你可千万不要再干这种事，你还年轻得很，可不要毁了你的一生。”直到我们全家离开苏州，迁回武昌，那个勤务兵一直都在我们家。

重回武昌老宅

我们家这次重返武汉，是因为父亲的一位朋友刘国桢在武昌组建军训团，急需一个得力帮手，他几次来函盛邀父亲和他一起干，父亲不忍拂朋友一番诚意，便携家带口，浩浩荡荡，回到了武昌的老宅——已经阔别四年的老宅。

老宅已那么破败、荒凉。庭院里除那棵亭亭玉立的中国梧桐以外，所有的花草树木，假山鱼池，还有那高高的秋千，都已荡然无存。客厅和所有的房间都四壁空空，一件小摆设也没给我们留下；不知道是谁竟这么贪婪，把我们那么多精致名贵的家具，那么多名人字画、古玩珍奇，那么多卷藏书全都掳掠一空，只留给我们一所满目凄凉的空房子。南无奶奶求隔壁准提阁的陈师太借给我们一些旧桌椅板凳，晚上睡觉只好打地铺。我们的窝就这样因陋就简地安顿了下来。毕竟是住在自己的房子里，心里觉得格外踏实。

父亲工作的军训团在蛇山南麓抱冰堂的下边，那房子的格局像所学校。前边第一进是平房，全是办公室。办公室旁边有一个小院落，那里是团长刘国桢办公和起居的地方。我见过刘国桢，高高的个儿，面皮白净，全然没有军人英武的气概；可能他觉得当个伪军官已经愧对祖先、愧对家人和亲友，没什么好神气的，这样一来，反而使他显得平易、谦和了一点。

办公室的后边是两层楼的营房，全住着本市的和从外地招来的团员。父亲当时的职务是团长办公室主任，他手下有十来个文职人员。我就是在军训团认识钱金声老伯的。我印象最深的是钱老伯那一手极有功力的蝇头小楷，简直就像三爹以前临过的字帖。钱老伯平时不多言不多语，脸上总带着温和的笑，默默低头伏案工作。父亲手下还有个秘书，姓汤，是上海圣约翰大学的高才生。他不仅写得一手好字，一手好文章，英文更是精通，他帮父亲翻译几千本英文书的书名只花了一个星期的工夫，还很少看见他查词典。可惜他身个矮小，相貌平平，形容看起来有点猥琐，所以仕途不甚得意，只能屈居秘书之职。父亲是个识才而且惜才的人，对他非常敬重，总是尊称他为汤先生，处处关照他，他成了我们家的常客。

我至今仍感到疑惑不解的是，父亲为什么没有请汤先生教我语文、数学，反而请了学问很一般的钱汉武做我的辅导老师。可能因为钱老师家和我们家是世交，又恰好住在我们家紧隔壁，只有一墙之隔，我去他家上课很方便。但我真的从他那儿没学到什么东西，他的教学没给我留下任何印象。他当时是武昌省中的老师，父亲便求他介绍我进省中一年级读书，他在这件事上还真没辜负我父亲所托，我连入学考试也没参加，一个没读过高年级、根本不会解“鸡兔同笼”算术题的差生，摇身一变而成了正正规规的中学生。

在省中的那段日子

当时省中的校址在武昌粮道街。校门是雕花铁门，门柱上还有两盏灯，“武昌省中”四个铁铸的大字高悬在门上。听说武汉沦陷前，这里是私立中华大学的旧址，难怪教学楼和学生宿舍楼都那么高大、轩敞。宿舍楼旁边有一个很大的操场，有两副篮球架，还有单杠、双杠等运动器械。具有这样规模的中学，在武汉可能也是独一无二的。

省中有单辟的音乐教室，音乐老师叫柳文骧，三十来岁，留着长长的头发，脸上总带着忧郁的神情，眼神深邃而睿智，一看就知道是个艺术修养很高的人。其实在进省中之前，我已经很喜欢音乐了，那是受三爹和娘的影响。三爹常常教我唱各种不同风格的歌，娘在苏州教过小学的音乐课，会弹风琴，平时常常小声哼几句流行歌曲。我从她那里学会的第一首歌是《秋水伊人》，我特别喜欢第二段的唱词："望断云山，不见妈妈的慈颜，漏尽更残，难耐锦衾寒；往日的欢乐，只映出眼前的孤单，梦魂无所依，空有泪阑干。几时归来呀，妈妈哟，几时你会回到故乡的家园，这篱边的雏菊，空阶的落叶，依旧是当年的庭园……"每唱到动情处，我都会流下泪来。

迁回武昌不久，父亲就给我买回了一个玩具钢琴，很轻巧，只有二十一个黑白键，弹起来声音却清脆悦耳。我自选了一个练习曲：《天上人间》，那是李丽华主演的电影《新茶花女》中的插曲，轻松明快，富有跳跃性。我总是用右手练习，不久就弹得相当纯熟，连住在隔壁的钱师母因为每天听我弹奏，居然也掌握了这首歌的旋律，能跟着一起哼唱了。我总想让左手也能配合着弹，多次请教过娘，她怎么也说不清个道道来，反而把我说得糊里糊涂。好在这时家里已有一台风琴，我常常坐在琴边琢磨，有一天，忽然无师自通。我发现，一般弹风琴的人，多半用右手弹主旋律，左手则按节拍，有时还可以配以和声。按照这一新发现，我在风琴上一试，乐音果然比以前丰富好听，甚至还超过了娘的演奏。也就在这时，我学会了识简谱，虽然叫不出简谱的各种符号的名称，但我知道怎么唱。这样我一口气又学会了《茶山情歌》《金丝鸟》等。

柳老师是个非常出色的音乐老师，他不仅钢琴弹得好，小提琴拉得好，而且乐理也讲得好。我到现在还能唱他教我们的两支歌：一支是他自己作词作曲的《大江之歌》："大江波浪去滔滔，雨急又风号，凭孤舟一叶……好了，好了，一霎时风停雨歇雾散云消，上有青天白日，下有平芜芳草，好景莫虚抛……"整首曲调舒展、开阔，优美婉转，真是一首不可多得的好歌。当他教唱这支歌时，他完全被他自己写的那动听的旋律陶醉了，学生也都沉浸在浓郁的艺术氛围之中。他教我们唱的第二支歌是《新青年之歌》，由黄自作曲，词则是他改填的，那词填得真有水平："谁把残破河山重新来建造？看我青年展怀抱。孤舟风雨浪头高，我们要沉着应付莫心焦。不畏怯，不浮嚣，忍艰苦，耐辛劳，齐心协力团结牢，阴霾散尽光明到，阴霾散尽光明到！"在当时敌伪黑暗统治下，能教学生唱这样激奋人心的歌，那是要担相当风险的，从歌词中我们可以感受到他对青年一代的殷殷瞩望。

当时的省中虽是男女生合校，但并不在一起上课。朝会时男女同学的队形之间都保持着较大的距离，每次朝会我们必唱《新青年之歌》，唱到最后一句时，男女声部都已停了下来，只有一个又脆又甜的女声比别人拖得长，分外引人注目，她便是省中的有名人物罗德圆，绰号“臭腐乳”。我上学时走在粮道街上常常会碰到她。她至少比我大三四岁，对我们这些小男生连眼角都懒得瞧一瞧。但她确实是女生中长得最清秀、歌也唱得最好的女孩。我也曾私下里打听过，为什么给她起这么难听的绰号，知情的同学们都笑而不答。一次，全校师生在大礼堂开会，有个男生先指了指罗德圆，又用手指了指教体育的程老师。我顺着他的手指看去，只见罗德圆先曼闪秋波，很快地瞟了一眼程老师，然后满脸娇羞地一低头，脸儿一红，做尽了风流媚态；而程老师已双眼接过了那挑逗的眼波，嘴角边挂着坏笑，一边尽量地眉目传情，一边还得意而轻浮地闪动着腿。以前我只在小说里见过“眉来眼去”这个词，今天我才真读懂了这个词的含义。据那个男生说，罗德圆还有个相好多年的高年级男生，他们的相恋已是公开的秘密；要是让那个高年级男生知道了，省中的学生肯定会有一场好戏看。

我班有个小男生易国鹏，身体矮而粗壮，绰号“小钢炮”。他总喜欢带着我一起玩，他教会我打乒乓球，只要一有时间，我们就往乒乓室跑。同学之间大欺小强欺弱，那是常事。打球的时候，谁要想欺负我，他就敢挺身而出，挥拳相向，我一直很感激他，也很依赖他。可惜一年以后，不知他为什么中途辍学，我就再也没见到过他。另一个同学叫龙继贤，有一双水汪汪的大眼睛，是住校生，不知道有多少男生在追求他。龙继贤生性轻佻，只要走过高年级男生宿舍，他总喜欢乱抛媚眼，逗得小伙子们如蝇逐臭般地跟在他的后面。我们虽是同班，平素没有什么交往。我和走读生接触较多。当时和我玩得最好的除汪德卿外，就是王义和、王文尚、杨汉池。王义和有条好嗓子，高亢响亮，柳老师在音乐课上总要他为我们作示范演唱。一次，下午放学时天下起雨来，大家不约而同地都聚到了大礼堂。不知是谁喊了一句：“请王义和给我们唱支歌好不好？”一阵掌声把王义和拥上了台，他唱了一支《卖油条》：“卖油条，卖油条，长街短巷到处地叫……父母年纪老，弟妹年纪小……哪里来的温？哪里来的饱？……”王义和那很有力度的嗓音唱出了卖油条小贩凄苦悲凉的感情，大家由衷地再次为他热烈鼓掌。突然礼堂里响起了易国鹏的声音：“欢迎龙继贤和周牧合唱一曲。”在嘈杂的起哄声中，我听到了罗德圆甜脆的嗓门：“欢迎他们唱《人鱼公主》，好不好？”

没办法，我只有硬着头皮上了，我斜瞟了一眼龙继贤，他倒神态自若，顾盼神飞地唱起了过门，过门一停，我只好开口唱了第一小节：“盈盈的碧水明如镜，灼灼的桃花柳成荫。撒网打桨忙不了，捕得鱼儿奉双亲。”我的起唱居然赢得了碰头彩。龙继贤接着唱下去：“听了你的歌声，知道你的孝心。天赐一条黄金鱼，给你回家报亲恩。”他的嗓音清亮婉转，唱得确实好听。下边该我接着唱：“你是鱼儿还是人？”龙继贤拉起了我的手：“人鱼公主是我名。”我的眼里充满了感激之情：“原来是人鱼公主驾光临，感谢公主的恩情比海深。”

这两句中有一个高音“咪”，糟了，由于我过于紧张，嗓子发涩，没有唱上去，台下响起了一片倒彩声，羞得我满脸通红，眼睛一直朝上看，不敢看一眼听众。龙继贤紧紧握了一下我的手，意思是鼓励我“不要怕，接着唱完”，我很感激地看了看他，两人一起唱了最后两句：“高堂父母当孝敬，上天不负孝女心。”在一片掌声中，我和龙继贤手拉手地走下台来。罗德圆迎上来向我们笑了笑：“唱得很不错嘛，算得上珠联璧合。”压轴当然是罗德圆，她唱了《夜来香》和《莫忘今宵》。从这以后，我虽然和龙继贤接触仍然不多，但对他的印象越来越好，他其实是一个心地很善良的人。就在那次唱歌以后的第二年，一次美机轰炸武汉，他被炸死在防空壕里。杨汉池在告诉我这个不幸的消息时，无限惋惜地说了一句：“红颜薄命，自古皆然。”我还是为他的不幸早夭而悲伤、叹惋。

在初中一年级，我不但喜欢唱歌，而且也迷上了电影。记得回武昌以后，我看的第一部电影是陈云裳和梅熹联合主演的《木兰从军》，电影是在露天广场放映的，效果却相当好，片中的有些镜头至今还历历在目。主题曲《月亮在哪里》是欧阳予倩作的词，严工上作的曲，一时间街头巷尾都响起了“月亮在哪里？月亮在那厢”的歌声。陈云裳更成了高年级男生的梦中情人。我最喜欢的女星是周曼华和周璇。我看的周曼华的第一部影片是《夫妇之道》。她在片中扮演一位已婚的女学生，她青春靓丽的外貌，开朗活泼的性格，给观众留下了很深的印象。最有趣的是她和丈夫接吻的镜头，画面上只出现了她踮起来的一双脚，让观众展开充分的想象，这在当时已算够新潮的了。周曼华演得最成功的电影是张恨水写的《金粉世家》，她扮演贫家女冷清秋，真可以说演得出神入化，尤其是演到冷清秋被赶出金府，在街头卖字，那凄婉而不失华贵的神态，真是我见犹怜，教人难忘。

那时已沦为孤岛的上海，电影行业却异常繁荣，实力强、有影响的影业公司不下六七个，像曾拍过《风云儿女》的电通影片公司，曾拍过《都会的早晨》的联华影片公司，曾拍过《马路天使》的明星影片公司，曾拍过《孟姜女》等多部古装片的国华影片公司，曾拍过《黑天堂》的国泰影片公司，曾拍过《红楼梦》的中华电影联合股份有限公司，其他还有天一影业公司、艺华影业公司等，这些公司都拥有自己的台柱明星。只要是当红影星主演的新片一上映，便会在观众中引起极大的轰动。如果是多家影业公司合拍一部巨片，那更会连演不衰，盛况空前。一九四二年，电影界决定把巴金的《家》搬上银幕，并且不惜巨资，聘来了各公司的红星，扮演剧中人物：陈云裳——琴表妹，袁美云——梅表姐，顾兰君——瑞珏，陈燕燕——鸣凤，胡蝶——大小姐，梅熹——觉新，刘琼——觉民，王引——觉慧，真是群星灿烂，辉耀影坛。当时在沪上放映的盛况，至今老上海仍记忆犹新。国泰影片公司一看，拍巴金的作品，这么受欢迎，这么有赚头，便接着拍了《家》的续集《春》，由周曼华出演，这部影片成了她的巅峰之作。她在片中扮演楚楚可怜的蕙表妹，把蕙表妹对觉新的那种“春蚕到死丝方尽，蜡炬成灰泪始干”的缠绵之情演得丝丝入扣，感动得观众们都流下了同情的眼泪。接着艺华影片公司也赶拍了《秋》，由刚刚走红的、美艳绝伦的新星李丽华主演，同样为艺华公司赢得了极高票房价值。红得发紫的金嗓子周璇怎么在“你方演罢我登场”的竞技场上沉寂了呢？原来她因与桃花太子严华正在闹婚变，为了抚平心灵上的创伤，暂时息影在家。

父亲还是像从前一样喜欢买书。那时家境谈不上宽裕，但每天回家时，父亲不是带回杂志，便是带回几本书，像《沫若文集》《当代名家小说选》《古今名文八百篇》以及各位作家的选集，甚至像章依萍的《情书一束》他也买回家来。这些书他自己看，三爹和我也看。父亲就是这样把我领进了广阔无垠、绚丽多彩的文学世界。我那时最喜欢的作品有鲁迅的《孔乙己》、郭沫若的《牧羊哀话》、郁达夫的《迟桂花》、莎士比亚的《威尼斯商人》等，我也很喜欢看《瓦车篷》《再生缘》《啼笑因缘》这样的章回小说。

一个人的精力是有限的，我那么痴迷于电影，痴迷于流行歌曲，痴迷于文学作品，正常的基础知识的学习肯定要受影响。三门主课中，只有英语成绩好一点。说来很有趣，是一件很偶然的小事激发了我学习英语的兴趣。那年的暑假，父亲宣布了几道严令，命我每天临摹英语草体一小时，写一篇作文，背三首古诗，其余时间看书，不许走出家门一步。开始我写英语字母“t”，那一横，我写时总是向下倾斜，父亲大不以为然：“以后不准这样写，要向上扬，要表现出奋发向上的气概。”这句话可以说几乎影响了我一生。以后我做任何事，不论遇到多大的困难和挫折，我都始终保持着奋发向上的气概。就在开学之前，一时兴趣来了，我强记了几个英语单词，其中“almost”（几乎）印象尤深。正巧新学期上第一节英语课，老师向全班发问：“谁知道‘almost’的中文意思？谁会拼读这个词？”班上一片寂然，我当然不会放过这次能表现自己的机会，便不等老师点我的名，径自在下边回答起来。老师不仅不以为忤，反而对我大加赞扬，引来了同学嫉妒、艳羡的目光。从此，为了保持英语优于其他人的形象，我对英语学习产生了浓厚的兴趣。

三门主课中，我学得最糟糕的是数学。我至今还认为，主要的责任不在我，而在于当时教我数学的李晷老师。李老师二十来岁，穿一身笔挺的西服，涂了发蜡的头发，梳得飞了起来，上课时，他喜欢时不时地摸一摸头发，大有顾影自怜之态。我听不懂他讲的课，也就没法做作业。这样一来，开始是在全班同学面前受到斥责；次数多了，也可算是“屡教不改”，李老师便很恼火，终于对我动起了“大刑”：用铜制的压条当众打我的手心。且不说那钻心的疼痛，毕竟我已是十三岁的大男孩了，谁还没有一点自尊心。不等李老师打得解了他的气，我就拿了书包，跑出了教室。这学，我从此不上了！当时还真有点“壮士一去兮不复还”的悲壮意味。逃学，这可不能让父母知道，否则那必将更是一顿狠打。怎么样才能瞒住他们呢？我终于想出了一个“万全之策”：每天清晨七点，照例背起书包走出家门，装出高高兴兴上学的样子，接着直奔蛇山顶上的奥略楼。

奥略楼共有三层，里面空空荡荡，没有任何摆设，不过倒还干净。这里成天见不到一个人影，那时人们挣扎在饥饿和死亡线上，哪还有心情游山逛景？我把带来的旧报纸往地上一铺，拿出一本杂志或小说集，席地而坐，静静地看起书来。周围真安静啊！听不见喧闹的市声，只有很悦耳的拍岸的涛声。看累了，我便站起来欣赏一下江景。江上来往船只不多，显得很冷清。看久了江景也觉得很无聊，便转到奥略楼旁边的吕祖庙里去欣赏那栩栩如生的泥塑木雕，跟道士们一起扯几句野棉花。

晴天逃学还好过，阴雨天那日子真难挨：偌大一座奥略楼，从早上八点到下午五点，就我一个人，听不见人说话的声音，只有淅淅沥沥的雨声。我只觉得这里的静真有点静得令人心里发冷。有什么办法呢？我无处可去啊！每次从蛇山上下来，我不敢走大街，专拣背静的小巷走，怕碰见同学和熟人，我怕他们问我上学的事，我真像一只沿着墙脚惊恐逃窜的耗子，直到钻进了洞——回到了家，才长长地舒一口气。晚上我和妹妹坐在方桌的两对面，就着一盏煤油灯，她是真的在做家庭作业，我则装出做作业和复习功课的样子。每次父亲从我们桌边走过，看见我心无旁骛、专心致志地看书，还总鼓励地拍拍我的肩，意思说，你能这样认真学习，我们很满意。看见父亲走远的背影，我真的从内心深处升腾起一种撕心裂肺的愧疚之感。父亲是爱我的，信任我的，给了我这么好的学习条件，然而我却在骗他；我犯了这样严重的错误，却还一直在瞒着他。他要是知道了实情，会多么失望，多么震怒啊。瞻念前途，我真的“不寒而栗”了。好几次我真想跪在他面前，坦陈一切，任他打，任他骂，只要能不继续骗我那对我抱有厚望的父亲，但是我始终没有勇气。

揭穿逃学这一事实真相的是钱汉武老师。他从李晷老师那里听到了我已有两个多月没去上课的事，担心我会在社会上被坏人引诱——其实在奥略楼上我倒真希望能有个坏人陪我说说话——便慌忙火急地夜访我家。他力求能平静地叙述事件的经过，但还是因为气愤、激动而声音有些发抖。从钱老师进屋起，我已经吓出了一身冷汗，我感到大祸就要临头，一场大暴风雨就要袭来，我已无处可躲，只有面对。我就只等父亲的一声断喝：“给我滚出来！”就会自动地跪在地上，等待那像雨点一样密的板子落在我身上，这次我甘愿挨打，谁叫我做了这么大的错事？我敛声屏息地躲在客厅门的后面，等候父亲的裁决，父亲平静地送走了“告密者”——钱老师，然后迈着沉稳的步子走进了客厅，在他常坐的那把太师椅上坐了下来："还躲在门后干吗？出来讲讲这两个月怎么过的？"那声音里听得出有被压下去的怒火在奔突，我知道再也瞒不住了，便大着胆子在母亲眼神的鼓励下，走了出来。"坐下慢慢说，但要讲真话。"父亲的声音出奇地温和，这是我没有料到的"待遇"，父亲态度的宽容让承认错误的勇气终于回到了我身上。我便当着父母的面，一五一十地讲完了全过程，也讲了我这些天内省的痛苦。当父亲听完我在奥略楼上已读过的书目以后，眼睛里闪过了一丝嘉许的光，但旋即又换上了一副严肃的面孔；"这次逃学我原谅你了，因为你没有读过小学高年级，听不懂初中的数学课，情有可原。但逃学这一行为，长时间欺瞒父母，这个错误是非常严重的，以后决不许再犯。我再给你一次机会，下学期你还是从初一上读起，一定要学好数学，你有没有信心？"我点了点头，流下了又感动又痛悔的泪水。就这样我当了留级生。也因为我到了一个新班，又碰到了阔别三年多的汪德卿，我也更走近了王文尚和杨汉池。

因为省中在粮道街，离我家很远，中午便不能回家吃饭。学校门外有很多小吃店，放学后，我们便涌进那些小吃店，要一碗清汤挂面，或来一碗青菜豆丝。如果口袋里钱多一点，还可以大模大样地走进学校隔壁的祥云楼，对老板吆喝一声："一碗糊汤牛肉豆丝。"祥云楼的糊汤牛肉豆丝，配料齐全，火工到堂，热腾腾地端上来，一阵胡椒、青蒜的香味先钻进鼻孔，使本已饥肠辘辘的我顿时馋涎欲滴，再用筷子扒拉几根豆丝进嘴，哎哟，那鲜味硬是让你舍不得大口大口地吃完，而要细细地嚼细细地咽，慢慢地品尝。我有时想省几个中饭钱，好在青龙巷口的租书铺租两本小说看看，便买了生豆丝去汪德卿家。汪德卿家在后街有一栋很大的私房，他父母都在汉口做生意，没大人看着，我们想做什么就可以做什么。我们便点火加配料煮豆丝吃，同样吃得很舒服。汪德卿有极清亮、极高亢的好嗓子。吃完豆丝以后，我就要他教我唱歌，好多歌都是他那时教会我唱的。

因为常常在一起吃中饭，我慢慢跟王文尚、杨汉池熟了起来。王文尚家在金水闸，杨汉池家在小金龙巷。我们三个人的家都离得比较近，熟了以后，常常相邀着一起上学，一起回家，不到半年，便成了"不忍须臾离"的好朋友。王文尚住在一所老式民居里，一进门就是天井，天井两侧是厢房；堂屋比较大，堂屋两侧是两个正房。一条窄窄的走道通向后院和厨房，走道两边又是两间房，王文尚便住在走道左

右为王文尚、中间为周牧、左为叶权书

边的房间里：一色的老式家具，书桌上放满了书。王文尚的妈妈名叫陆兰，高高的身材，皮肤白而细腻，眉宇间流露出一股书卷气，从小就生长在书香门第，一手隶书写得古朴苍劲，笔姿雄健。每次我去找文尚玩的时候，总能看见浮在她嘴边的慈和的笑。文尚的父亲个子瘦小，特别健谈。他的嗓音清而亮，吐字清晰。因为见多识广，而且记忆力很好，只要一谈到他感兴趣的话题，便像飞流直下的江水，滔滔不绝。我看得出来，文尚当时的家境并不宽裕，但他却是被爷爷和父母宠坏的乖乖儿，以致到了老年，仍然保持有这不喜欢吃那不喜欢吃的坏习惯。

杨汉池的家底相比较而言就厚实得多。汉池的父母个子都很矮小，所以汉池在我们三个人中，无论什么时候都要矮半个头，对此他很不服气。他爸爸在一家医院工作，平时寡言少语，总待在自己的房里，不喜与人交往。我认识汉池这么多年，好像总共跟他没说上过十句话。汉池的妈妈瘦精精的个子，但却蕴藏着旺盛的精力，细细的眼睛亮而有神，透着一股自信，说起话来，语速极快，像打机关枪，一句赶一句，谁也别想能插得进嘴去，只有听她一个人说话的份儿。这也难怪，嫁过来就当家，管理着几处房产，也就历练出了她的能干和精明。毫无疑问，汉池也是个被爸爸妈妈疼坏的乖孩子。他自己有个家具不多、但收拾得很整洁的小屋子，屋子前边有个小庭院，种着些许花草。三堵高墙把这个庭院和汉池的屋子与外面的世界隔离开来，只要把小屋子的门一关，那简直成了世外桃源，极清静，极自由自在，心里有一种很特别的宁静感、舒适感。我们在这个小房间、小庭院，不知道送走了多少美好的时光。

我们三个人都喜欢看书，也常常买书，互相交换书看便成了我们之间的常事。因为我有个爱买书的父亲，所以以我家的藏书为最富。一次，父亲买回了一本《名作家游记日记选》，其中特别是郁达夫记录他和王映霞女士恋爱经过的日记，我最感兴趣。一天，我带到学校去看的时候，被文尚发现，他一把抢了过去，硬说他要先睹为快。谁知道这本书竟成了“刘备借荆州”，至今未还。时隔近六十年，沧桑巨变，我还能要文尚“完璧归赵”吗？

不过文尚曾有一壮举令我非常感佩。一次，他放学回家，经过一所日本小学门前。一个手提小篾篮，篮里装着管子糖、芝麻糖等吃食，正沿街叫卖的中国小男孩，被一个十二三岁的日本男孩拦住。他伸手就抢篮子里的糖食，中国小孩用手护住篮子，不让他抢。他便用空着的那只手狠狠地扇中国男孩的耳光，脚也跟着踢了上去，打得中国男孩踉踉跄跄。他趁势抓了一大把糖食转身想跑，文尚刚走了过来，一看见这情景，把肩上的书包往地上一扔，飞步冲了上去，一把抓住日本小孩的衣领，另一只手左右开弓，“啪啪啪”，直打得日本小孩既无招架之功，更无还手之力，脸上青一块、紫一块，抓在手里的糖早已撒了一地。小鬼子还很倔强，居然一句叫饶的话都没有。文尚由扇耳光改为拳打脚踢，那真是一顿好打。这时，周围已围满了人，都高兴地叫着、喊着，为文尚助威。只有一个须发雪白的老先生走上前拦住了文尚：“只打九九，莫打十足。出了口恶气就够了，惊动了日本鬼子，你就脱不了身了。”文尚听从了老先生的劝告，重重地踹了小鬼子一脚，背起书包，朝望山门走去。

大概走过了十来家店铺，文尚忽然发现一对胖乎乎、毛色光洁的很可爱的猫正在橱窗里打架、嬉闹，那可掬的憨态，那调皮的样子，实在逗人喜欢。文尚不由得驻足观看，看得那么入神，不时还鼓掌叫好，完全忘记了他正身处险境。突然他听见身后传来了急促、细碎的木屐声，也听见一个熟悉的苍老的声音在远远的地方喊：“学生伢，快逃啊！”文尚悚然一惊，一回头，就看见一个满脸擦着厚厚脂粉、眼露凶光的日本婆子，在挨过文尚揍的日本男孩带领下，正朝他奔来。文尚是何等机灵的人，哪肯吃眼前亏，于是撒腿就跑，谁知正和一个又高又大、一脸凶相的日本军曹撞了个满怀。军曹已听见了日本婆子的叫骂声，也猜到了是怎么回事，便一把揪住了文尚，把文尚摔倒在地，一只腿跪在文尚身上，拳头像雨点似的落在了文尚的头上、身上。文尚一声不吭，只用双手护住脸和头。这时，放学回家的省中同学三三两两走了过来，一看见自己的同学挨鬼子的打，便一拥而上，你一拳，我一脚，他一棍，打得日本军曹哇哇乱叫，文尚也奋起双臂，猛力一推，把日本军曹掀翻在地，正想狠踢他几脚，那个白发老人已赶了过来：“伢，快点跑，莫吃眼前亏，大家都跑啊！”一眨眼的工夫，文尚和其他省中的同学，都分途朝附近的一些小巷子跑去，早已消失得无影无踪。等日本婆子叫来了宪兵，哪里还找得到一个中国学生？

文尚第一次在父母面前撒了谎：“同学们下课以后摔跤玩，不小心把脸摔肿了。”尚伯伯也没深究，只心疼地叮嘱，以后别再玩这类粗野的游戏。但文尚拳打小鬼子、学生合力揍军曹的事迹立时在省中传得沸沸扬扬，师生皆知。校长李藩昌故意装聋作哑，不表扬，不批评，好像没这回事似的。当日本宪兵来校追查“打人凶手”时，校长装出一副很生气又无可奈何的样子说：“真有这事？怎么我们学校的老师、学生都不知道？你最好去问问他们。武昌还有别的中学，私立中学也不少，不一定就是省中的学生干的吧。”宪兵们真的找了一些老师和学生，软硬兼施地问了一番，毫无所获，只好灰溜溜地去别的学校了。

那时省中学生最讨厌的就是为日寇又占领东南亚某个地方而组织的“祝捷”游行，我们最常用的办法就是躲起来。省中有很多空宿舍，真要藏在哪个角落里，还确实很难找到。有一次，教导主任杨光第宣布上午停课游行，马上在操场集合。同学们一听炸了锅，骂什么难听的话都有，但是在“杨婆婆”——杨光第的绰号——的监督下，只好背起书包朝操场走去。我趁杨婆婆没注意，一闪身钻进了宿舍楼，找到了一个满地灰尘的空房间，刚把门关上，正准备看我租来的《镜花缘》的时候，“哐啷”一声，门被撞开了，教《修身》课的金为连老师杀气腾腾地闯了进来，一把揪住我的衣领，把我拖进了他的办公室。

我这才知道，原来金老师除了教《修身》课以外还兼训导员的工作，难怪他心甘情愿地充当起警察的角色来。他瞪着两眼厉声责问我："学校规定所有的学生要参加游行，你为什么要躲？"我一句话顶了过去："日本人占领了什么地方，中国人为什么要游行庆贺？"这句话问得他一噎一噎的，一时说不出话来，他气哼哼地抢过我的书包，把书包里的东西全倒在桌子上，发现了那本《镜花缘》，像捞到了一根稻草，声色俱厉地说："带这种闲书上学，可见你上课学习不专心。这本闲书我没收了。下次游行，我要再抓到你，可别怪我对你不客气了。"我知道和他争辩、跟他要回《镜花缘》都没用，只好自认倒霉，去租书店按规定赔了钱。我赔钱以后，真想闯进他的办公室，我估计他正在看我那本闲书，说不定正跟林之洋、唐敖、多九公一起畅游女儿国呢。

有一次游行，监督得很严，实在逃不了，只好参加。那次汪德卿正好在我旁边。我们游行到了蛇山桥下，我告诉汪德卿，我已经学会了《寂寞的歌人》，他便要我小声哼给他听："微风吹着白云，流水送着浮萍。我是寂寞的歌人，带着嘶哑的歌喉。从天涯唱到海角，从黑夜唱到黎明。一座山又一道水，一座城又一座城。唱过月明月缺，唱尽一秋一春。我要唱出社会的不平，世道的艰辛。无涯的岁月，有限的青春，人海的苍茫，人生的凄清。从天涯，唱到海角，从黑夜，唱到黎明。”德卿很喜欢这首歌，他认为这首歌词曲俱佳。我也问德卿最近学了什么歌，他面有得色地说：“我刚学会了陈云裳唱的《费贞娥刺虎》，你听着：窗外月昏黄，筵前人欲狂。含悲对美酒，忍辱换新装。唉，君王，自杀煤山上；权贵枕戈锦瑟旁。我独安能挡劲敌，富翁谁肯解私囊。我贞娥是天良岂能丧，人格岂能亡，一息尚存应努力，九门已破莫彷徨。心似铁，志如钢，慕荆轲，追豫让。誓拼这柔弱的女儿身，不学那无耻的男儿样。”他唱得是那样投入，那样动情，我拍了一下他的肩膀：“真可谓词曲唱俱佳，你一定要教会我。”“那你也得教我唱《寂寞的歌人》。”就这样，在游行时，我们只顾教学新歌，也懒得听同学们喊了些什么口号，游行结束时，我和汪德卿都学会了一首新歌。

最让杨婆婆焦头烂额、劳心费神，也最让学生感到窝囊、屈辱的是那次所谓欢迎汪逆精卫的集会。为了这次集会，我们不知道在烈日下，在风雨中操练了多少次。学校规定我们必须穿整齐的校服，系腰带，打裹腿，穿草鞋。新调来的号称篮球一号国手的陈邦珍，只要一上体育课，就把学生拉到操场上去操练，不把我们练得筋疲力尽，绝不宣布解散。也不知道是学生天性散漫，还是因为真的缺乏训练，不但齐步走、正步走走得歪歪扭扭，就是立正，也成不了队形，气得陈邦珍常常当着全校师生的面骂粗话。为了彻底根除学生的散漫习气，他“创造性”地提出了一个“黎明训练计划”：全校师生都必须在清晨五点以前赶到学校。这就害苦了那些家离学校很远的学生。文尚住金水闸已经够远的了，我们班的段明义住在白沙洲，三点不到就得起床。谁要是迟到了，就要挨守在学校门口的杨婆婆的鞭子，并且下午放学以后还要加班操练。谁要是校服穿得不整齐，或忘了听口令，只要被陈邦珍发现，不是当胸一拳，就是猛踢一脚。文尚就被陈邦珍打过，理由是他在队列里说话，不服从口令。那一拳打得可真够重的，一个星期后，文尚的胸肌都还隐隐作痛。对这位体格壮硕、打人凶狠的一号国手，所有的学生都又怕又恨。

经过他一个月的大运动量的训练，步伐整齐了，队形像样了，而这时汪精卫也就要“莅临”武汉了。正式欢迎汪逆的那天下午，天空突然洒下了霏霏细雨，全校师生都集合在操场上整装待发。两点刚过，接到了上峰的命令，所有学校的学生都要在三点以前在紫阳湖畔的省一女中操场集结。我们学校的学生最多，队伍最长，又不能走胭脂路，穿古楼洞，因为蛇山下的古楼洞已放满了日寇的军火，洞的两头已被封死，还有哨兵荷枪把守，所以只有绕道长街，转彭刘杨路。这时雨点渐渐大起来，我们头顶上的大盖帽和校服都已淋湿。不管陈邦珍在队列旁喊的口令怎么样响亮有力，也不管他打人的拳头比平时不知要重多少倍，我们的队列早已成了一群散兵游勇，一副稀稀拉拉的狼狈相。在队列旁跑前跑后的杨婆婆、金为连也失去了往昔的凛凛威风，脸气得煞白，没人在乎他们的吼骂。两点五十分，我们终于走进了省一女中的操场，各校的学生也都陆续到齐了。雨的淅沥声和师生们的抱怨声交织在一起，盖住了陈邦珍、杨婆婆骂人的声浪。站定以后，向四下里一看，我们这才发现操场的四周已站满了手握钢枪的士兵，几个佩着军刀的日本宪兵在学校与学校之间的队列中穿行，把全体师生都置于他们的监视和管制之下。我从老师和同学的眼睛里分明读到了“屈辱”二字。

大约三点二十分，先是听见几声汽车鸣笛的声音，日本宪兵开始指指划划地吼叫起来，各校的“陈邦珍”之流也都像注射了兴奋剂一样，狗颠屁股似的跑前跑后，大声下命令，动手就揍人。一时操场上几千多师生真还被整治得鸦雀无声。突然响起了刺耳的军乐声，只见一大群人簇拥着汪逆精卫从队列的那一头向这一头走来。因为雨下得越来越大，不知是谁在汪逆的头上撑起了一把伞，汪逆只好微微弓着背，只顾躲雨，也顾不上讲究风度了。以前我只在报纸上见过他的照片，这次距离这么近，看得真分明。他四十左右年纪，皮肤白皙，浓黑的眉毛下边有一双黑亮的眼睛，嘴角习惯性地挂着一丝微笑。他一身戎装，一直举着戴白手套的右手，向我们轻轻挥动。我一边看着他从我面前走过，然后在我眼前消失，一边脑子在飞转：这么一个曾经深受孙中山信任的，在国民党已很有地位的政界大人物，为什么竟自甘堕落地做日寇刺刀下的儿皇帝？当他看见从师生们眼睛里射出的蔑视、仇恨的目光时，他又会怎么想……

我只顾想一些乱七八糟的问题，欢迎会是怎么开的，汪逆精卫讲了些什么话，师生们有些什么反应，最后会是怎么散场的，我都没留意，只觉得头脑里很乱，周围也很乱，德卿推了我一下：“队伍已就地解散了，你还不回家？难道你还没被雨淋够？”我看看我那身校服，可不，早已淋得透湿，那狼狈的样子，大概比落汤鸡也好不了多少。再看看刚才如临大敌、戒备森严的操场，地上一片狼藉，到处是被踩得稀烂的标语和旗子，那凌乱、凄凉的景象真是惨不忍睹。我们夹在那些用手遮住头，或用衣服挡着雨，嘴里还骂骂咧咧的人们中间，向省一女中的大门走去。德卿在和我分手时，说：“自从汪逆投敌后，德卿从此愧姓汪。以后你就只叫我德卿吧。”我笑着回答：“你是不是想：誓拼这柔弱的女儿身，不学那无耻的男儿样。以后我就叫你费贞娥得了。”德卿狠狠揍了我一拳：“你还有心思开玩笑。我今天心里只觉得憋得慌。”其实我当时的心情何尝不是一样，我们在紫阳湖畔黯然分手，各自回家。

父亲为了能从日伪军界退步抽身出来，便在靠近望山门的长街街面上租下了个铺面，一半经销烟酒，一半经销字画古玩，店名“义记”。父亲单选一“义”字作为店铺的名字，我想其中一定有深意焉。父亲从苏州请来了陈外公负责管账，还有两个年轻伙计帮忙。至于字画古玩的货源，自有一帮专门倒卖字画古玩的商贩，源源不断地提供，由父亲看货定价。商店开张以后的那半年，生意还算兴隆。父亲一高兴，便辞去了军训团的职务，一门心思地做起生意来。因为甩掉了伪职，他感到特别轻松愉快，说话的嗓门都比以前高了许多。可惜好景不长，太平洋战争爆发了，日军对各种物资控制得更紧，税也收得更重，老百姓的生活也越来越苦，所以生意很不好做。烟酒每天还能卖一点，古玩字画根本没人问津。每个月卖的钱还不够付房租、管账及伙计的工资，还有五花八门的摊派。为了让“义记”商店能够撑下去，父亲在征得胖奶奶和南无奶奶的同意后，把我们唯一的家产，校厂湖十五号住房卖给了邹协和金号，共卖了八两金子。胖奶奶分走了三两金子，南无奶奶一两金子，剩下的四两金子，用来支撑商店和日常的开支。父亲每次从商店回来，总是紧皱着眉头，母亲悄悄地嘱咐我和妹妹不要惹父亲生气。只有棣棣是父亲的醒气虫，父亲只要一抱起棣棣，脸上就会绽开笑容。

打从卖房子那天起，父亲心烦，常去离我们家不远的福善堂坐坐，玩玩纸牌。福善堂里住着福禄寿三仙：年纪最长，满头银丝，高大俊朗的贺绥之；五十来岁年纪，抬头一个见识，低头一个主意的专摇鹅毛扇的人物陈善夫；胖大粗蠢，满脸横肉，嗓门能震得掉扬尘的姚荫侯。贺绥之的老伴是个不多言不多语的女人，女儿长得很像贺老头，水灵灵地透着几分聪慧。陈善夫的女人可不是个善类，约莫三十来岁，头发梳得溜光，身上纤尘不染，小小的发髻上常插着一朵花，那双水汪汪的眼睛说起话来骨碌碌地乱转。只要她盯着你，你就会感觉到她正在打主意要勾引你。姚荫侯的女人成天蓬头垢面，只知道钻在灶屋里炒菜做饭，烧水沏茶，服侍来福善堂玩牌的人。

父亲渐渐玩牌玩上了瘾，吃完中午饭，把碗筷一丢，便急急忙忙赶到福善堂去赴牌局，不到晚上擦黑不归家。别的事他都无心过问，连铺面上的生意也很少问起，唯独对我的学习却抓得比以往任何时候都紧。我总忘不了年初一的那个下午，母亲、娘和南无奶奶想打麻将，刚好“三缺一”，南无奶奶想让我凑个角，便跑到我的房里来叫我。我正在伏案写父亲布置的作文。一听南无奶奶叫我去打麻将，我高兴得把笔一扔，就跑到牌桌边，坐下玩起来。恰在此时，父亲陪着钱金声老伯和他的小儿子一起进来，钱老伯是带着他最得意的儿子来我家拜年的。当我父亲知道了这个和我年龄相仿、成绩却非常优秀的男孩的情况后，便怒气冲冲地把我从牌桌上拽了下来，当着钱老伯和他儿子的面，把我狠狠训斥了一顿："你看看，钱老伯的儿子跟你差不多大，成绩那么好，总是全年级第一。你呢，你总在全年级摆尾巴，你还有脸坐在牌桌上打牌，你给我滚进房里去，不写好作文，不准你出来！"

我不记得当时是怎么忍住泪逃进我的房间的，我恨我父亲对我太严厉，更恨他在外人面前撕破我的脸，让我下不了台。到了吃晚饭的时候，我赖在房间里不出来，要用"罢餐"对父亲粗暴的教育方式表示抗议。隐隐约约听见母亲对父亲的责备："怎么着也不应该当着客人的面那么鄙他。"又听见娘的婉劝："这半年他真的比以前学习好多了。"这时我听见父亲语气已经缓和的声音："人家的儿子怎么那么争气，好吧，我去叫他。"第二天，我听母亲说，"义记"商店因为亏损太大，生意难做，父亲已决定停业关门。我听了母亲的话，心里感到格外沉重。我能体会父亲处境的艰难、心情的痛苦。他是真想彻底摆脱伪职，转入商界，好在人前能抬起头来做人，可最终他的这一良好的愿望却被残酷的现实击得粉碎。而在当时，要养活一个十口之家（娘已生下一个儿子梅生），该是多不容易。最难能可贵的是，军训团长曾多次来我家，请父亲再回军训团助他一臂之力，都被我父亲婉言谢绝，他再也不愿披那一身人人憎恶的黄狗皮了。

胖奶奶和南无奶奶把分给她们的四两金子又送到父亲手里："我们知道你现在很为难，先拿去用吧。"父亲坚决不肯接受。两个老人急了："你养了我们这么多年，平时总忘不了给我们添这买那，还时不时地给我们零花钱。现在你有难处，我们还不该把钱拿出来。你以后运气好了，有钱了，再买了还我们，那也不迟啊！"父亲低下了头："只怪儿子没有能耐，让两位老人家操心、受苦了。"说着流下了眼泪。站在旁边的母亲、娘、三爹都用手帕擦眼睛，我和妹妹也哭了。那是一段多么穷困、多么艰难的日子啊！

父亲第二次投资做生意又遭到了失败。这次他想做旧书、旧家具生意。当时因为日寇已向英美宣战，日军不但强行占领了英租界、法租界、俄租界，而且命令部分神职人员限时离开沦陷区，所以很多教会便把他们收藏的图书、用过的家具贱价出售。父亲认为这是个好机会，倾其所有买下了上万本书和几十件家具。他挑了几件精致的家具留给自己家里人用，其余的全放在寄售店里出售。他买下的外文书有很多是精品，一套哈佛丛书，共六十本，可谓洋洋大观；还有斯科特、狄更斯等著名作家的文集。父亲请汤秘书花了一个星期的时间，做了精细的挑选，留下将近一千多册很有价值的书，放在家里的书柜里，其余的上万册书，都寄放在王府口附近一家旧书店里，请老板代卖。

那一千多册留下来的书，我当时都看不懂，也不知道这些作家是什么人。但我还是想找几本我能看懂一点点的书，父亲便鼓励我自己去旧书店找。我找了几次，终于找到了几本英文的《格列弗游记》《天方夜谭》《聊斋志异》等，我决心靠着字典的帮助，学会看懂这些书。父亲这次的购书行动，促成我迈开了阅读原文书籍的第一步，这一爱好，我一直保持至今。

父亲这一阶段更加沉溺于纸牌，上午就早早地催着母亲做好中饭，吃完中饭以后便急匆匆地赶往福善堂。以前每到晚上上灯时分，他一定赶回家，和家人一起共进晚餐，可这一阵子，总由姚荫侯的女人捎个信来："大少爷要你们先吃饭，不要等他。"原来几个赌鬼还要挑灯夜战。父亲不在家，我倒是自由多了，身边少了一双严厉的监视的眼睛，我感到很自在。不过，时日久了，我却感到了另一种压力；这十口之家每天的用度从哪里来？同时家里的宁静也被打破了，对父亲的嗜赌行为，不仅母亲多次规劝过，胖奶奶和娘也不止一次劝说过，父亲根本听不进去，有时还发火："你们知不知道我心烦？你们以为我不着急，可着急有什么用，我要不打牌，我会急疯的，你们有本事，你们帮我找个工作。"大家只有低头叹气，困守愁城，一筹莫展。工作还真得靠父亲自己去找啊！

自从听了大家的劝说后，父亲每天早上就在家里给想得起来、估计还能帮自己想想办法的朋友写信，下午照样去福善堂打他的牌。每次赌毕回家，总是铁青着脸，也不像从前那样抱抱棣棣，亲亲梅生；一进屋，便一头钻进自己的房间，闷头看书，谁也不理。我们都感到心上像压了一块铅，连说话都不敢大声。过了阵子，父亲的投石问路终于有了回音，先是一位曾经和父亲共事过的朋友熊光来拜访他，邀他去警察局工作，父亲考虑了三天，谢绝了熊光的邀请。当时我还以为父亲是贪恋纸牌，舍不得他的赌友，对他这种不思进取、只恋玩乐的行为颇有微词，直到自己步入中年，增长了阅历，才理解父亲不愿"为虎作伥"的苦衷。

转学汉阳县中

不久又一位朋友张静轩来找父亲，张静轩刚接任汉阳县长，正缺帮手，他力邀父亲共同赴任。父亲经过再三挑选，决定担任“内政科长”一职，只管管行政事务，希望能帮同事甚至平头老百姓做一点点好事，就这样他只身搬到汉阳，认认真真当起内政科长来。那时隔江过河极不方便，武昌汉阳之间只能坐木筏，往来一趟就得一个多小时。遇上刮风，江面就掀起三四尺高的浪头，有时船陷进深深的浪谷里，有时又抛到高高的浪尖上，还真够吓人的。开头那一阶段，父亲每个星期回家一两次。他是个家庭观念极重的人，总是记挂着家里大大小小的事。上任不到一个月，他就开始托人在汉阳找房子。最后他选中了汉阳鹦鹉洲中段的湖南安化会馆，虽仅有两层，但很高，房子前边是一大块空地。再往前走，跨过一条青石板铺就的小街，是一片麦田。麦田的面积不大，因为麦田的那边就是滚滚东流的长江了。

负责照看会馆的只有一个谌老头，他已六十出头，看上去还很健朗。父亲把第二层全都租了下来。那客厅真大，大概有四五十平方米。两边各两间大房，前后的走廊很宽，站在前走廊，可以看见麦田，看见浩浩的江水，看见对岸不太清晰的白沙洲。站在后走廊，可以看见一大片收拾得很整齐的农田，以及穿过农田、向汉阳延伸过去的腰路堤和腰路堤尽头的河泊所。当时住在鹦鹉洲的人很少，只有专做木材生意的湖南人和少数农户，鹦鹉洲上大多是很简陋的平房，只有几个会馆修得还不错，其中安化会馆可算得是“鹤立鸡群”，那是鹦鹉洲上唯一一栋能在江对岸，能在汉阳县城看得见的高建筑。

父亲是个急脾气，不等我结束省中初二上学期的学业，便把全家搬到了鹦鹉洲，只把我一个人留在了武昌，和南无奶奶一起住在准提阁里，等放了寒假，再给我办转学手续。那个把多月是我最自在、最快乐的日子。父亲脸上的阴云已经消散了，大家都不再担心家里会有“断炊之虞”，我也可以尽情尽兴地和同学们一起玩，一起看电影，回准提阁再晚，南无奶奶也会为我等门。每到星期六，我就在白沙洲江边坐上木筏，“战士荣归”般地回到鹦鹉洲上的新家。父亲、母亲、三爹和娘把这个新家布置得真漂亮：精致的中式和西式家具，墙上的名人字画，多宝柜里陈列的古玩玉器，把客厅装饰得很有情调。我住的房间，那简直是一间充盈着书香之气的书房：一边靠墙的是我的床；另一边靠墙是一排又高又大的书柜，里边整齐地摆放着中英文书籍，想看哪本，随手就可以拿到。我感谢父亲为我提供了这么好的一个“书海任遨游”的条件，书从此成了我终身的好朋友。

初中二年级下学期，我转到了汉阳西大街上的汉阳县中。县中真的没法和省中比：矮小的教学楼环抱着一座小院落，种着些普通花草，教学楼侧边有一个小操场，只及省中操场的四分之一那么大。学生全部走读。除初三是一个班以外，别的年级各有四个班。学生总数不到四百人。校长却是全汉阳县城的有名人物：北大数学系高才生史海燕。他三十多岁，中等偏瘦的身材，脸上总带着微微的笑。教导主任姓关，方方脸，比杨婆婆慈祥、随和得多，不大管学生，像个好脾气的老爷爷。史校长教过我一学期的数学，他确实比李晷老师讲得好，能一下子调动起学生学习数学的兴趣来。因为学校的问题，他常常要去找我父亲，顺便也谈谈我在学校的表现，所以我对学习比以前上心了好多。

教我国文的老师姓徐，是武汉著名藏书家徐行可的亲侄儿，二十七八岁年纪。他很注意道德的自我修炼。上课的时候，只要有适当的机会，他就要对全班同学说："人要学会忍，如果有人在你的右脸颊上打了一耳光，你就把左脸颊伸过去，说：'要是没打疼你的手，你就接着打吧。'一个人要能做到这一点，那就真算修养到家了。"调皮鬼李亚威举手问："徐老师，你也能这样做吗？"徐老师脸上露出了不屑的神情："我要是做不到，我就不会讲了。"

下课以后，几个喜欢恶作剧的男同学在下边一商量，一个检验徐老师修养的恶作剧便被他们策划出来了。第二天第一节就是徐老师的课。李亚威故意虚掩着教室的门，门上横放着一把满是尘土的扫帚，大家都忍住笑坐在座位上，静观徐老师的反应。远远地就听见徐老师的脚步声，他走得极轻、极快，可见他今天心情还不错；不一会儿便来到了门边，兴冲冲地推开教室门。真准，那脏扫帚不偏不倚地正打在他梳得很光洁的头上，连那整齐的长衫上也落满了尘土。他先是愣了一会儿，眼里现出了错愕的神情，但马上变成了因愤怒而喷出的两团火。他大步走到讲台前，把手在讲台上重重地一拍，紧接着怒目圆睁，大吼一声："这是谁干的？"

他的眼光在每个男生的脸上扫过，脸色也由潮红变为苍白，嘴唇、脸颊、两只手，后来整个身子都剧烈地抖动起来，我们真担心他会气倒在讲台上。几个策划这次恶作剧的男同学都先后站了起来，李亚威代表他们向徐老师诚恳地承认了错误，并道了歉。徐老师脸上密布的浓云正在慢慢消散，眼里的怒火已悄然隐退，有了一丝笑意。他用极潇洒的动作掸掉了头上和长衫上的灰："对不起，我今天失态了，你们不要笑话老师。我昨天还教你们要学会忍，我今天却发了这么大的火，这说明我根本不是有修养的人。"

他长长地叹了口气，接着说："同学们，其实我一直憋着一肚子火，好多事我看着就生气，可我又怕火发了出来会惹祸，会给家里人带来麻烦，所以我拼命地学会忍。我又何尝不明白，肚子里真要窝着火，是压不下去的。你们不要相信我昨天说的胡话，还是老话说得对，人不犯我，我不犯人；人若犯我，我必犯人。活着就应该站直了活！”他深情地看了大家一眼，我们也完全听懂了徐老师话里的弦外之音，我们也更加敬重这位外似柔、内实刚的好老师。

有一次，下了国文课，徐老师悄悄地对我说：“你到我办公室来一下。”我还没走到办公室，徐老师倒从办公室里出来了，手里拿着一个用报纸包的包。他把我带到走廊的僻静处，没开口脸先红了：“周牧，千万别笑话你的老师，我家里急着等钱用，我只好求你父亲买下这本英文词典。他随便给多少钱都行。”我看着总是穿着那件长衫的徐老师，心里有一种说不出来的凄楚：一个师长，如果不是无法可想，无路可走，是绝不会想到请自己的学生帮着卖书的。可惜我身上没钱，要不然我会毫不迟疑地把我所有的钱全掏给我的老师。我嗫嚅了半天：“徐老师，您一定要告诉我，您需要多少钱？”这次轮到徐老师脸红了，他把脸偏到一边，手按住额头，苦涩地说：“我现在急需十块现大洋，真是到处求借无门。”他又红着脸补充了一句：“少一点也行，你父亲看着给吧。”说完，低着头跑进了办公室。

吃晚饭当儿，我告诉了父亲徐老师想卖词典的事，父亲拆开了封得很严实的纸包，里边是一本又大又厚的崭新的《中华英文大词典》。我随便翻看了一下，每个词条下面，都有详细的解释，例句尤其多，特别是古典著作中的名句，都有相当精美的译文。这样的词典我一看就爱不释手。父亲问了徐老师的要价，要母亲拿出二十块银圆，用报纸包好，对我说："明天把词典还给徐老师的时候，把这包钱也送给徐老师。"我不解地看着父亲，再说我真的很喜欢这本词典，即使我有钱想买，也未必能买到，我不愿意让这样好的书失之交臂。父亲轻轻拍了拍我的肩："像徐老师那样爱读书的人，不是实在过不下去了，怎么会卖他心爱的书？你是他的学生，你怎么能乘老师之危，用低价买老师的书呢？"听了父亲的话，我感到很羞愧，重又包起了那本词典。父亲接着说："告诉徐老师，他以后如果有什么为难的事，可以告诉我，并请他一定代我向他的叔父徐行可老先生问好！"

第二天，我也是悄悄地把徐老师请到僻静处，把书和钱都给了他，并把父亲说的话都告诉了他。徐老师又把脸偏到了一边，他不想让我看见他的眼睛，但我看见了他脸颊上的泪。不久他辞去汉阳县中的教职，托人辗转把词典送给了我，里边夹着一张写得很工整的纸条：“我知道你很喜欢学英文，我希望这本词典能对你学习英文有帮助。”

父亲自己不懂英文，但是却非常重视我的英文学习。那时钱老伯的大儿子钱锋辍学在家，钱老伯托我父亲给他安排个工作。父亲不想把这样一个很纯洁的青年安排到警察局或保安队，这样对他以后的前途多少会有一些不好的影响，他考虑来考虑去，决定让钱锋在汉阳县文化馆当一名馆员。这是一个闲职，不沾军政的边，还有大量时间可以看书。父亲听说钱锋的英语学得不错，便请他辅导我学习英语。钱锋老师其实只比我大四岁，眉目很清秀，身体很单薄，真像旧小说里描写的那种文弱书生。才只十七八岁的钱老师一身的学生气，哪里知道必须对学生很严厉？他就像一个大哥哥带着小弟弟玩一样，对我可和气呢。所以我在他那里学英语学得很轻松，也有很大进步。我把自己完全靠查词典翻译出来的一段《青蛙王子》给他看，他吃惊得不相信地看着我，其实那眼神就是对我最好的表扬和鼓励。

我常常看见一些年轻人来找他，这时他便要我到外边院子里去玩，他们好像在房间里讨论什么，声音压得很低。我觉得他们的行动很神秘，但从来没有想过要去偷听一下他们讨论的内容。我相信我的钱老师，也相信那些年轻人，这么好的年轻人决不会做坏事。有时我看见文化馆馆长匆匆走来，似乎找钱老师交代什么任务，我就故意在院子里大声叫：“钱老师，馆长来找你了！”每每听见我的招呼，有的年轻人便跑到阅览室去看书报，有的跑到乒乓室去打乒乓球，钱老师则笑吟吟地迎出来，问馆长有什么指示。等馆长走了以后，钱老师和那些年轻人总拍拍我的头或肩：“小机灵鬼！”我喜欢听他们这样叫我。晚上，一家人一起吃饭的时候，我常常把白天的见闻讲给家里人听，我也把钱老师和年轻人的活动告诉了他们。父亲瞪了我一眼：“钱老师的事，不要到处乱说。你还是个小孩子家，懂得什么。”

我在钱老师那儿学了不到半年英语，一天父亲告诉我：“从明天起，你就不用去钱老师那儿学习英语了，”我若有所失地问父亲为什么，父亲含含糊糊地告诉我，“钱老师已找到一份很好的工作，他去了一个很远的地方，那个地方肯定比这儿不知好多少——还是年轻人好啊！”父亲说这话时，神色黯然，长长地叹了口气，听得出父亲心里一定有很多无奈，有很多无法实现的向往和憧憬。

父亲忽然对流行歌曲表现出了极大的热情。他买回一台崭新的留声机和很多张百代公司的唱片。唱片大多是周璇的歌，也有龚秋霞和白光的唱片。另外还有梅兰芳、马连良、言菊朋唱的《女起解》《太真外传》《宝莲灯》《打渔杀家》和《捉放曹》等京剧唱片。我和三爹只要有时间，就打开留声机，一边听一边跟着唱。其实龚秋霞的歌唱得相当好，她的嗓音清脆嘹亮，一曲《蔷薇处处开》几乎风靡了大半个中国。《梦中人》低沉婉转，属另一风格的作品，同样广受听众欢迎。白光这位出色的女中音歌手是父亲推荐给我们的，他买回了白光唱的《桃李争春》和《你不要走》，一边聆听，一边击桌赞曰："嗓音好，唱得更好！"确实，白光那浑厚的歌喉和对歌曲感情的诠释，把我们带进了一个全新的艺术境界。在众多歌手中，我更偏爱周璇的歌。她的音质是那样清纯，咬字是那样清晰，音色是那样柔美，每支歌经她一处理，听起来总是那么恰到好处。听她的歌，就像聆听皎洁的月光下叮咚作响的清泉声。我最喜欢的歌是《钟山春》《五月的风》《月圆花好》《拷红》，还有以后的《渔家女》《交换》《疯狂世界》《不变的心》《葬花》等，哎哟，她唱的好歌，哪里写得完？

至于前边说的那几出京剧，我也都学会唱了。那时我特别偏爱青衣的唱腔，虽然还不会用小嗓，但即使用真嗓唱，也同样能唱出梅大师的韵味来。须生的唱腔我却不大感兴趣。父亲常常笑我还没入京剧的门，根本谈不上懂戏。他最欣赏须生的唱段。每次只要是放言菊朋的《捉放曹》，他必一边敲打着节拍，一边闭上眼睛低声吟唱，脸上浮现出一种“陶然忘机”的痴痴的神情。父亲会的戏还真不少，他最喜欢唱的戏是《甘露寺》《武家坡》和《追韩信》。还别说，父亲有一条让专业演员羡慕的好嗓子，洪亮、高亢，音域很宽。他要真下海唱戏，准能唱红，说不定还能把我带成个青衣名角儿，可惜他白白浪费了这么好的天赋条件。

至今仍让我感到奇怪的是他那么喜欢听、喜欢品评流行歌曲，我却从来没听他唱过，甚至从来没听他小声哼过。这是一种很不合情理的现象。我现在只能这样解释：他的嗓音偏于洪亮、粗犷，唱不出周璇的歌的那种柔曼的情调；他有自知之明，也就只好在家人面前藏拙了。每逢星期日，父亲还常常带我和妹妹去汉口的电影院看电影。我看的周璇主演的第一部影片是《解语花》，这部影片没给我留下太深的印象。但她和龚秋霞、黄河一起主演的《鸾凤和鸣》和影片中的八支名曲，却至今难忘。从此我成了周璇的铁杆影迷和铁杆歌迷。我是那样崇拜她，甚至认为八十年来，历数中国影坛和歌坛的耀眼的明星，能在影歌两个领域，同时熠熠闪光、同时赢得这么多观众和听众的，周璇是第一人。

一天晚上，我正在灯下看何其芳写的散文集《画梦录》，欣赏作者文笔的华丽和作品意境的缥缈，忽然感觉到客厅里有来访者。开始我没在意，父亲既然官务在身，来看、来求的人自不会少，我还是埋头看我的书。后来我的注意力被打断了，父亲说话的声音越来越高，也越来越激动，母亲则在一旁低声哭泣。我正想出来看，妹妹跑进来告诉我，小舅舅从他打工的县城回武汉了，暂住在叔外公家里。我连忙和英子一起走出房间，算来我已经有五六个年头没看见过小舅舅了，嗬，他已长成一个高大、英俊的青年，他旁边坐着我的叔外公。父亲的脸涨得通红，他大声训斥小舅舅："你是年轻人，你没有良民证，真是太危险了。如果日本宪兵队知道了这事，一定会把你抓走，那时你就别想能活着出来了。"

母亲也批评小舅舅："志超，你怎么这样糊涂啊！"她又转头问我父亲，"那你说，他该怎么办？"父亲斩钉截铁地说："回到县城去，回到你打工的地方去！"叔外公一听，急了："他通过封锁线，差点儿被鬼子打死，你们要他回那边，这不等于要他去送死。我这个当叔叔的，不答应！"父亲沉吟了好一会儿，说："就听你老的，不过志超要听我一句劝，白天决不能出门，决不能让左邻右舍看见。我知道你老人家手头也不宽裕，以后他的生活费，就由他大姐管；二姐有条件，也可以帮一把。日本鬼子长不了，熬过这两年，再让志超找一份正当工作。"小舅舅一直低着头，直到这会儿才抬起头感激地看了我父亲一眼。

以后每个月给小舅舅送生活费的任务便落在了我的身上，我喜欢这个任务，因为我喜欢这个只比我大十岁的小舅舅。两年多来，小舅舅困居在斗室里，不敢与外界有任何接触，只是偶尔趁朦胧的月色，溜到我们家和二姨家坐坐。那段类似禁闭的日子真亏小舅舅熬过来的。一次，我给小舅舅送生活费去，我悄悄地问他："舅舅，你为什么要冒着生命危险跑回沦陷区？"小舅舅眼里闪着泪光："我太想我的老父亲了。听一个逃到县城的远亲说，我的老父亲病得很重，嘴里不停地念叨着我的名字，就想看我最后一眼。我不能在父亲病榻前侍奉汤药，已属不孝，难道连父亲的最后一个愿望，也不能满足，那还像个人吗？我求我的老板一定准我几天假，老板倒是个善心人，放我回家照看我的老父亲，还给了我一些盘缠。一路上的危险现在想起来还后怕，可等我到了武汉才知道，我的老父亲早就不在人世了。古人说，子欲孝而亲不在。这是我最感痛苦的事。”那眼泪又掉了下来。我懂得，一个像小舅舅这样的血性男子，不是真到为难处，不是真到伤心处，是决不会落泪的。

有时母亲做了一点好菜，或者煨了点汤，父亲就叫我去请小舅舅来我们家，改善一下生活。一次，郎舅两个人几杯酒下肚，话就多了起来。父亲酒后吐真言：“志超，那次你千万别怪我态度不好，话说得很重，我是担心你的安全，更担心你走错了路。你还年轻，不知道，一个人的历史决不能有污点，否则你一辈子都抬不起头，直不起腰。老弟呀，我是家大口阔，后方又无亲无故，才回武汉来的，才做了这个鬼差事，我没脸见人哪，我真不知道鬼子滚蛋以后会怎么样？我更不知道我的黄埔同学会怎么看我？”说到这里，父亲的眼睛红了，把酒杯往桌子上一放，指着棣棣、英子和我说：“你们听着，以后一定要好好学习，不要像你们的爸爸一样，没有一点专长。我要有本事，我还怕没饭吃？”父亲又转身对小舅舅说：“志超，相信你老哥的话，决不在鬼子手下当差，我们会帮你渡过难关的。”因为有叔外公、二姨爹许一清和父亲的合力帮助，小舅舅一直“蛰居”在河泊所叔外公家，没有在武汉沦陷期间做过一天事，写下了那一段清白的历史。

自从钱锋老师去了一个很远且很好的地方以后，我还去过一次汉阳县文化馆。因为由陈大悲率领的歌舞小组要在文化馆演出。我早就知道陈大悲是个戏剧家，他和田汉、洪深、欧阳予倩都是三十年代舞台上的活跃人物，特别是最近报纸上连载了陈大悲的长篇小说《百里奚休妻》，故事还很曲折，文字也颇见功力。这次能亲眼瞻仰一下戏剧界的老前辈，这是很值得的事。文化馆有一个非常简陋的舞台，台上除了几把破旧的椅子以外，什么都没有。伴奏的人已经坐到了台上，脸板板的，没有任何表情，演员们都在文化馆办公室化妆。

锣鼓敲起来了，台下稀稀拉拉地大概有百十来个观众。主持人是文化馆馆长，父亲因为要在演出前讲话，也提前进了场。在一片叽叽喳喳的讲话声中，主持人和我父亲已致完了辞。我什么也没听，只急着等看表演。第一个节目是五人舞，没有灯光，没有布景，妆化得难看，演出服已经褪色，舞娘们把毫无遮掩的腿踢得高高的，边跳还边挤眉弄眼。这是我第一次看见那么恶俗的舞蹈，真是大败胃口。接下来是独唱、对唱、小合唱，大多数歌手嗓子倒不那么差，但因为一心想媚俗，品位也就高不起来了。特别是唱《满场飞》的女演员，一上台就不停地向台下乱飞媚眼，腰肢扭来扭去，纤纤玉指间还夹着一支烟，不时向空中吐一串烟圈圈，引来台下一片恶意的掌声和嘘声。我真想不明白，作为演剧界的前辈，陈大悲怎么能让这样一台拙劣的节目在大庭广众中演出？他难道为了挣几个小钱竟连自己的声誉也不顾及了？我为他感到悲哀。

最后一个歌唱演员上场了，她打扮得比较朴素，轻轻迈着一字步走到台前。她的唇边有着浅浅的笑，在演奏轻快、活泼的过门时，她向观众深深一鞠躬，她那大方、庄重的台风赢得了热烈的掌声。等过门一停，她便轻启樱唇，唱了起来：“高高的树上结槟榔，谁先爬上谁先尝，谁先爬上我替谁先装……”那旋律是那样动听、悦耳，带有浓厚的湖南民歌风格，一下子吸引住了全场一百多个观众的注意力。当她唱到“赶忙来叫声，我的郎呀，青山好呀流水长”时，台下静得能听见风扫枯叶的声音。这是最成功的一个节目，我当时暗下决心，一定要马上找到歌单，争取一天之内就学会这首歌。观众的掌声经久不息，不让这位演员下场，她只好和另一个男演员一起唱了被李丽华唱红的《千里送京娘》。大家都觉得，只要听了后面这两首歌，也就算不虚此行了。

这次演出的最后一个节目是戏剧家陈大悲表演的活报剧，他鼻子上涂了一块白，扮演一个小丑。他的身材本来就很矮胖，还要在台上扭来扭去，故意逗观众笑。我又一次为他感到悲哀，为流落在沦陷区的戏剧家和艺人感到悲哀。他既能写出像《百里奚休妻》这样广受欢迎的小说，就可以看出他的艺术品位。然而他却导演了这样一台拙劣的节目，而且还是在这样破败的舞台上演出，艺术家的心一定在流泪流血，我深切体会到在敌人铁蹄下艺术家经济的窘迫和处境的凄凉。当时连饭都吃不上，哪还能追求演出的质量？我终于懂得了这一点。

父亲不知道从哪里给我弄到了一条狼狗，它直立起来几乎跟父亲一样高，长得非常粗壮，性格凶猛，必须用很粗的铁链拴起来，要不然它真要扑到人身上咬起人来，不要那个人的命，也要把那个人咬个半死。它毛色浅黄，夹杂着灰黑色，眼睛大大的、圆圆的，像两只铜铃，很有神采。我们整天把它拴在走廊的廊柱上，一清早，父亲上班，我和妹妹上学，娘给棣棣上课，三爹去县医院做她的实习护士，母亲在厨房里张罗，只有它孤单单地待在走廊上，它一定感到很寂寞。这时，它便在原地拖着粗粗的铁链打转转，嘴里发出沉闷的愤懑不平的声音。每次它听见或看见我回来，简直高兴得发狂，一次次扑向客厅的门，却一次次被冷酷无情的铁链绊住，这时它便会发出凄厉的叫声，直到我来到它身边，轻拍几下它的脖子，弯下腰亲亲它的脸，它才会满足地安静下来。我们很快就成了最好的朋友。父亲给它起了个名字叫阿义。我每天早晚一定要牵着阿义去外边“野”半个小时，那是它最高兴的时候。它的眼睛闪着光，健壮的身躯里似乎充溢着无尽的活力。我们在麦田里跑啊跑啊，跑累了，我就躺在麦地里，它坐在一边休息。四野无人，我也不怕人笑话，放声高歌一曲：“夏天的太阳挡不住我们的兴致豪，冬天的风雪抵不住我们的热情高，春风秋月更逍遥……”现在想来，那是一段多么无忧无虑的日子啊！

可惜好景不长，美国飞机开始轰炸武汉了，轰炸最多的是汉口，其次是武昌。我们原以为汉阳很安全，鹦鹉洲更安全，所以每次响起空袭警报，都认为没躲的必要。一天晚上，正好是中秋节的前夕，我们特地把南无奶奶从武昌接过来，一家人共度佳节。八点刚过，全家人正要在前走廊赏月吃月饼，突然响起了空袭警报，紧接着又响起了紧急警报，只见四十余架飞机从我们头顶飞过，向汉口的方向飞去。父亲吃了一口月饼，告诉母亲和娘，他已从汉口买回了一台立式的留声机，因为质量和样式都好，所以价钱比较贵，现暂放在汉阳的同事家，明天中秋节就可以搬回家来听听。坐在房里看电影杂志的我再也坐不住了，想问问父亲关于留声机的详细情况，且特别想知道是不是又买了周璇的新唱片。刚走出房门，我发现没有点灯的客厅墙上有红光在抖动，我赶紧走到后走廊，朝汉阳的方向一看，天哪，河泊所那一带的民房，包括那一座“鹤立鸡群”的善堂，全都挂上了耀眼的灯笼，不一会儿便燃起了熊熊大火，那上蹿的火焰烧红了半边天。原来美国飞机这次丢的是燃烧弹，全家人哪还有心思赏月吃月饼，都跑到后走廊观看。汉阳也不是平安宝地啊！父亲、母亲都急着要赶到汉阳去，他们都担心叔外公一家和小舅舅的安全。

还没等他们出门，又飞过来二十多架飞机，乱扫机枪，乱扔炸弹，看来鹦鹉洲也难逃这场轰炸的劫难了。父亲当即命令我牵着阿义躲到江边的一家矮木屋去，怕它狂吠起来惹麻烦。阿义早已急不可待了，这家伙是个鬼精灵，面对这场狂轰滥炸，它一点也不惊慌，也不乱叫，乖乖地跟在我后边跑。这江边的小木屋里住着一家种地的农民，炸弹的爆炸声和机枪的扫射声都没有惊醒他们，我和阿义只能蜷缩在他们的屋檐下，不一会儿，父亲抱着棣棣，母亲牵着妹妹，娘抱着她刚生下来不久的珉珉（梅生已于前一年病死），三爹扶着奶奶，都来到屋檐下。母亲忽然问父亲："怎么没看见南无奶奶？"三爹说："我叫过南无奶奶，她说她不怕，炸不死她，她想睡觉。"三爹的话刚一落音，远远地传来一声痛苦的呻吟。母亲说："一定是南无奶奶出事了。"父亲急忙放下棣棣，不顾飞机的轰炸和扫射，飞快地朝安化会馆跑去，母亲和三爹也跟着追了上去。我一手牵着阿义，一手搂着棣棣，心"咚咚"地跳个不停。妹妹英子钻进奶奶的怀里，身子不住地哆嗦。过了一会儿，听不见飞机的声音了，我一手抱着棣棣，一手牵着阿义，快步跑回家。这时南无奶奶已躺在沙发上，脸色蜡黄，额头上凝满了大滴的冷汗珠，原来一粒子弹打穿了她的左腿，三爹正蹲在地上帮南无奶奶包扎。父亲赶忙叫来了邻居家的年轻人，把南无奶奶抱上了临时赶做的担架，送到了汉阳县医院。胖奶奶叹息着说：“她总说她不怕飞机，炸弹炸不着她，这下可巧，子弹找上她了。要是成了残废，以后的日子，她一个人怎么过？”

第二天，全家人哪还有心情过中秋节，都先后赶到县医院探视南无奶奶，南无奶奶躺在病床上，虽然脸色憔悴，但神情却很安详，她讲起她中弹的经过：“开始我真的一点也不怕，等你们走后，我正想上床睡觉，忽然感觉这屋子好空，好怕人。想去找你们，我一个人慢慢摸下楼来，刚下大门外的台阶，只觉得大腿一热一软，我就跌坐在台阶上了。我用手一摸，大腿黏糊糊的尽是血，我知道我受伤了，可飞机还在头上飞，我怎么敢叫你们呢。幸亏兆熊、宝琳、湘娥赶了来，要不然真把我吓死了。”说着流下了泪，“我真是造孽啊，害得你们也过不好节。”母亲说：“都是我不好，我不该派人把你老人家从准提阁接过来，你老人家在武昌，怎么会遭这么大的罪。”

正说着，父亲也赶了来，他去看了看汉阳县被炸、被烧的情况，处理了一些问题，顺便也去了叔外公的家，叔外公家的门和一个厢房被炸塌了，幸无人员伤亡。父亲寄放留声机的同事家正在县中旁边，一颗炸弹正落在县中的操场上，炸垮了学校的院墙，也炸垮了同事家的楼，人算是没有炸死，整个家都毁了。父亲告诉我们这个情况时，不住地叹气。我听得出来，他倒不是舍不得那台留声机，而是在为这家人今后怎么过担心。

以后美机的轰炸更加频繁，日机却从来没有起飞迎战过，猖獗一时的日本鬼子现在也只有挨打的份儿了。为了安全起见，我们在堆柴的房间里放上了两张结实的木桌，上面铺着厚厚的棉絮，只要一听见空袭警报，我们全家就躲到桌子下面。因为美机轰炸汉口，鹦鹉洲是必经之途；驾驶员冷不丁在我们头上扔几个炸弹，扫几梭子机枪，这样的事谁能料得到？凡事还是小心为好。一天晚上，大约是正月十四，那天的月亮特别大，特别红，这是我从未看见过的红月亮。我喊胖奶奶出来看，她先念了一声佛："月亮颜色发红，主血光之灾，这可不是好兆头啊！"我半信半疑地回房睡了。刚刚进入梦乡，就听见外边响起了凄厉的警报声，而且是紧急警报。我顾不得天气寒冷，赶快披衣下床，解开阿义的铁链，直奔后院的柴房。除了父亲以外，其他家里人都躲进了桌子下边。这次美机轰炸的阵势好像大大超过了以往，因为爆炸声一直持续不断，震得窗户上的玻璃不停地发出哧楞楞的响声。奶奶瑟瑟发抖地说："老天在收人，今天又不知道会有多少人被炸死？"这时父亲在楼上的后走廊大声喊道："警报早解除了，你们怎么还待在桌子下边不出来？"

母亲伸出头问："那为什么爆炸声响个不停呢？"

"这次美机炸中了日军的军火库，"父亲高兴得亮起了大嗓门，"你们快上楼来看，武昌那边已经烧红了半边天。"

我牵着阿义飞快地跑上了楼，只见江对岸升腾起一片大火，火海中不断地蹿起一股股新的火苗，接着便是震天撼地的爆炸声，真比节日的礼花还要好看，比雄浑的鼓乐还要动听。我们全家都站在前走廊上，忘了深夜的寒冷，心里奔突着一种激情：看来日本鬼子的命数快要尽了，亡国奴的日子快要结束了，还有什么能比这种前景更令人欢欣鼓舞的呢？我们足足看了半个多小时，一边兴奋地交谈，比任何一年元宵观灯的劲头还要大，直到鸡叫头遍，大家才极不情愿地回到各自的房里。第二天，武汉三镇的老百姓脸上都添了喜色，眼睛里闪动着兴奋的光。熟人相遇，一定要问上一句："昨晚看了吧？"回答的声音嘎嘣脆："看了，太精彩了，我还想看呢。"然后是交换一个会心的微笑。

灯节刚过，父亲就给我抱回了一套精装本《世界文库》，共十二册，枣红漆布面，烫金的字，装帧之精美是我家所有藏书之最。打开书看看目录，眼睛不由得为之一亮，举凡中外古今最享盛誉的名篇，尽收“文库”，连当时的禁书《金瓶梅》（删节本）也和鲁迅翻译的《死魂灵》排在了一起。从此我就钻进了“文库”，再也出不来了。这套《世界文库》原本属于一个酷爱读书且水平相当高的人，每册的扉页上都盖有他不同形状、不同风格的图章，那一方方图章本身就是一件艺术精品。他曾经极其认真地读过每个名篇，留下了多处长短不一的眉批，有的批语甚至写满了书页的空白处。特别令我难忘的是，那一笔极为老到的工笔小楷，真正做到了铁画银钩，一笔不苟，墨色鲜亮，字体潇洒。最珍贵的是在墨批之中还夹有朱批，同样是蝇头小楷，笔力遒劲奇崛。

每当读完一部名篇，仔细看完他的批语以后，我都要掩卷深思，这位《世界文库》的曾经拥有者究竟是甚等样人？从他批语中鞭辟入里的见解，和那很有功底的文笔和书法，我可以断定，他一定是一位学界高人。既是学界高人，怎么舍得把自己曾细阅精批过的皇皇文卷卖给他人？我猜想，很可能是因为战乱，这样宝贵的藏书才会流落民间，失去《文库》的学界高人该会多么难过、多么痛心！我甚至想，如果我有幸能见到他，我一定说服父亲原璧奉还，因为我能体会到一个爱读书的人的那份失书之痛。

有了这位前辈的榜样，靠了他的指引，我比以前会读书了，也比以前读书认真得多了，无论是“春宵明月夜”还是“秋窗风雨夕”，我都在如豆的灯光下，孜孜矻矻地读着一篇篇名著。特别是有一天晚上，下着蒙蒙细雨，周围静极了，我正在读《红楼梦》中的“埋香冢飞燕泣残红”一章，从来不识“愁滋味”的我心里只感到一阵阵悲凉。这时不知从什么地方传来几声哀婉低回的音乐，接着便是我最熟悉不过的嗓音：“花谢花飞花满天，红消香断有谁怜……”哎呀，这不就是我早就想听，父亲早就想买而听不到和买不到的周璇的歌片《葬花》吗？我赶忙掩上书，飞快地跑到前走廊上，屏息敛气地听，直听到“一朝春尽红颜老，花落人亡两不知”，简直忘了自己身在哪儿，那凄婉的曲调，那悲咽的吟唱，道尽了黛玉悲苦无依的心情。我只觉得那淅淅沥沥的雨声，是天下人都在为黛玉同声一哭。这一晚，我再也没心绪看书了，第一次尝到了失眠的滋味。

不久，父亲再一次成了无业游民，因为张县长另有高就，去了省里，只带走了他的少数亲信。八口之家每天的用度就是一大笔钱，更何况我们家本来就没有多少积蓄。不到三个月，父亲便开始变卖东西。父亲的狐皮袍、母亲和娘的羊皮袍都卖钱换了油盐柴米。接着母亲和娘的一点点少得可怜的首饰，也都进了金铺。留声机和我们心爱的三十多张唱片也卖给了旧货商。终于一天晚上，父亲和母亲来到了我的房里。我那时正在看《世界文库》中的《冰岛渔夫》，父亲欲言又止，半天不知道怎么开口对我说，还是母亲说出了家里的窘况："我们本不想分你的心，不想让你知道，家里已快揭不开锅盖了，但这事是瞒不住的。今天想和你商量一下，我们想卖掉《世界文库》，救救眼前的急。以后有钱，再给你买一套新的。"

我本能地用手护住了眼面前的这卷书："书柜里有那么多外文书，为什么一定要卖这一套我最喜欢的书呢？"

母亲叹了口气："如今谁还有心思看外文书？《世界文库》好卖，可以多卖点钱，只好先卖它。这也是没有法子的事。"

我转而求父亲："这么多好作品，我还只看了五分之一，卖了多可惜啊。就不能不卖它吗？”父亲眼里充满了痛苦和无奈：“你知道你爸爸是个爱买书、爱看书的人，不是不得已，我是决不会卖这套《世界文库》的，何况你现在读这套书刚刚读上了路，可家里八口人要吃饭啊。你替我想想，我能从哪里弄来钱？”

我还能说什么呢，我趴在书上，就像紧紧抱住一个舍不得让他离去的好友，呜呜咽咽地哭了，为我即将失去的好书，也为父亲处境的艰难，更为父母对子女的爱心。最后我还是让父亲抱走了《世界文库》。那是一次永远的诀别，从此我再也没见到过相同的这套书，也再不可能拥有相同的这套书。

正像老话说的：“屋漏偏遭连夜雨，行船又遇打头风。”我们一家人正为衣食愁得不行的时候，阿义偏在这时病倒了，一病还病得很重。它成天把头放在前爪上，我一天好几次蹲在它旁边，轻轻地抚摸它的脸，叫它的名字，它也只略略地睁一下眼，看一下我，那眼神充满着病苦和眷恋，然后又合上眼，沉沉睡去。我急得直流泪，我留不住心爱的《世界文库》，难道也留不住我心爱的朋友阿义？我不能失去我心爱的一切啊！在我最无助的时候，我只有去求我那整天坐在愁城里的父亲：“快救救我们的阿义吧，我们不能没有它。”

父亲请来了一位只会给人看病的医生，听说是给狗看病，他一肚子不高兴，碍着父亲的面子，又不能不来。他先扳开阿义的上下唇看看舌头，用两根指头撑开阿义的上下眼皮看看眼珠，把耳朵贴近阿义的胸腔听听呼吸，用手指戳戳阿义的腹部观察它的反应，然后缓缓站起身来：“对不起，我真的说不出得的是什么病，但它确实病势不轻。我留下一点药，放在水里喂它喝下去。下次就别来找我了，我不是兽医。”几句话说得父亲和我透心凉。

尽管家里每天都只吃点青菜、萝卜，但还是会给阿义做一碗牛肉汤拌饭，由我端到它面前，轻轻叫醒它。它最多只用它那黑鼻头嗅一嗅，瞟我一眼，好像说：“原谅我，真的没胃口。”又昏睡过去。医生留下的药，我们按医嘱强迫阿义服用过几次，但病情仍不见好转，全家人心上都像压着一块铅。平时走路、说话的声音都很轻，希望不要惊扰了它，让它安安静静地度过它生命的最后时光。

一天深夜，我刚一觉睡醒，好像听见客厅里有窸窸窣窣的声音，接着是细碎的脚步声，我一下子坐了起来，直觉告诉我，阿义站起来了，它想走路，它要告诉我和家里的人，它活过来了。我高兴得一把拉开了房门，用手电筒向阿义睡卧的地方照过去，不是我的阿义还能是谁？它已稳稳地站了起来，眼里满含着深情，定定地看着我，尾巴还不停地摇着。我正要向阿义扑过去，父亲的房门也打开了，原来他也听见了客厅里的响动，并做出了和我同样的判断。我们一起跑到阿义跟前，我双脚跪在地上，抱住阿义的脖子，不住地亲阿义的脸；父亲蹲在地上，用两手的十指，轻轻梳理阿义的毛。不知什么时候，母亲和娘也端着点亮的煤油灯走到阿义身边。

这时三爹也走了过来，手里端着微温的牛肉汤饭，递到阿义的嘴边。它先嗅了嗅，接着大口大口地吃起来。看着它胃口那么好，我们心里别提有多高兴了。父亲不等它吃完，便把碗抢了过去："病了这么长时间，它的胃已经很弱，不能让它吃得太猛。明天给它做一点更烂的牛肉汤饭，慢慢调理几天，它又会像以前一样活蹦乱跳的。"说完，把我的头拍了一下："放心吧，别再哭鼻子了，看阿义笑话你。""这会儿我就是拼命挤，也挤不出一滴眼泪呢。"我拍了一下蹲在我旁边的棣棣的头："你说是不是？"大伙儿都笑了，这是多少天来我们第一次开心地笑。

过了一个星期，父亲又做了一个英明决定："今天你带阿义到江边去玩的时候，解下它的铁链，由它的性跑。我发现我们的阿义已学会了和人友好相处，我估计它不会乱咬人。"那天阿义的表现证实了父亲的观察和分析是正确的，它玩得可欢了。农家的狗开始还惧它三分，后来发现它虽仪表堂堂，威风凛凛，其实性格蛮友好、蛮谦和，容易亲近，便一窝蜂地拥了上来，和它玩在了一起，滚在了一起，倒把我这个老朋友晾在了一边。回家的路上，我没有给它系铁链，当它碰见生人的时候，也只是瞟人家两眼，眼里没有了以前的敌意和凶光。生命的活力和与人为善的秉性重又回到它身上了。

阿义的霍然痊愈也只给我们带来了短暂的欢乐，生活的重压使父亲的愁眉锁得更紧了。为了让父亲能散散心，母亲总叫棣棣陪父亲去外边散步。别看棣棣才只五六岁，因为看的儿童读物多，知道的东西也多，再加上生就一张乖巧的小嘴，有他一路上陪父亲聊着，准能帮父亲暂时忘掉愁烦。棣棣在我们几个儿女中是最懂事、最讨父母喜欢的一个。他从小就很好学，娘和三爹都是他的启蒙老师。不到五岁，他就已经学完了一年级的语文、算术，做的作业整整齐齐、干干净净。他自己有一张小书桌，什么书放在什么抽屉的什么位置，他都做到了心中有数；父亲要他拿来什么书，他一打开抽屉便能拿到，不像我总是到处乱翻乱找。每次家里有亲友来，他总是端一个小板凳，文静地坐在父亲身边，听大人谈话。每每在这个时候，父亲一定要请亲友们参观他的抽屉，展出他的作业本，亲友们看后都会发出由衷的赞叹。即使这样，棣棣还是像平常一样，连一丝得意、骄狂的样儿也没有。长这么大，他从来没有惹大人生过气，父亲也从来没有对他发过火，更别说拿大棍打他。他就是这么个很懂事、很听话的“小人儿”，大家都疼爱他，宠他，可他永远宠不坏，依旧是个从不惹事的乖男孩。因为有了他，父亲即使在绝望中也能看到希望之光。

就在这时，美机对武汉轰炸的频率和范围都升级了。一九四四年秋天的一个下午，我们正在上课，突然拉响了紧急警报。同学们都没有离开学校，三三两两站在操场上，想看清轰炸的全过程。四十多架飞机排列成整齐的队形，从鹦鹉洲的洲尾飞过来。我们马上断定出，这次轰炸的目标一定又是汉口。飞机轰隆隆地飞过我们头顶，直扑龟山北边。不到五分钟，汉口那边便升腾起无数股烟，浓烟里闪动着火舌，好一场大火！那浓烟遮天蔽日，使山河改容，天地变色，连整个鹦鹉洲都在浓烟笼罩之下。烧焦的灰被风吹到汉阳，吹到鹦鹉洲，空气中充满了呛人的臭味，从这天起，汉口人都争先恐后地往汉阳搬，古城汉阳和荒僻的鹦鹉洲一下子热闹起来，时髦起来。可我们家又要从鹦鹉洲搬到武昌白沙洲了。

天亮之前

因为父亲又找到了一份新的工作。他的朋友熊光刚接受了武昌县县长的委任，他请父亲担任合作社社长一职。父亲为生活所逼，连考虑都没考虑，便答应了下来。我们住进了白沙洲的段家。那是一栋木结构的大宅院，相当堂皇气派。段家原是做木材生意的大老板，兄弟三人，各有一所大宅子。抗日战争前，段家是殷实富户，远近闻名。自从鬼子来了以后，木材生意被日本的洋行垄断，段家就式微了，开始陷入困境，只好把闲置的房舍租人，换点米面钱。

一切安顿好以后，父亲便托他在汉阳县任职期间已结识的一位老夫子——邓北堂，把我转进了伪省高，读一年级。邓北堂是伪省高的语文老师，不是凭这层关系，我一个汉阳县中的初三学生是不可能跳到伪省高的一年级的。

邓北堂老师五十来岁，头已谢顶，个子很矮，但却很胖，满脸都是堆起的赘肉，再加上一个蒜头鼻，两只小眼睛，给我的第一印象是有点粗蠢。以后父亲带我去过几次他的“家”。我记得他在汉口友益街一家旅馆里包了一个房间，和师母住在一起。师母是个瘾君子，不管有没有客人在场，她总是侧歪着身子，斜躺在床上，就着鸦片烟灯抽鸦片。房子里堆满了书和别的东西，显得又脏又乱。开始我一直不理解，为什么像父亲这样一个很有品位的人，竟然很敬重这样一个宁愿娶吸鸦片的烟鬼为妻的落拓文人？后来有一次我亲眼看见邓老师为向他求墨宝的人写字，才对他刮目相看，而且第一次对“字如其人”一说产生了怀疑。邓老师外貌确实粗俗，眉宇间没有一点书卷气，可他写的楷书和行书却娟秀飘逸，笔力四射，表现出了书家的文化素养和艺术造诣。父亲早就猜到了我对邓老师的印象，说：“人不可貌相啊！”

父亲还给我找了个教我英语的外籍老师——爱尔兰的费修道，她看起来约莫四十来岁，娇小的身躯完全被宽大的黑白色的修道服包裹起来，高挺的鼻梁上架着一副银丝眼镜，薄薄的嘴唇边总是漾着笑意。她说话的声音轻而柔和，伴以慈善的眼神，我在她面前一点也不感到拘束。每个星期两次，我从白沙洲走到花园山教堂，每次学一个半小时英文，即使是烈日炎炎的酷夏，或寒风凛冽的严冬，我都从没有缺过一次课。她也很喜欢我这个听话的中国学生。

有一次课上完了，她要留我多坐一会儿，要我用英语介绍我的家。她好像对我所讲的一切都很感兴趣，因为我看见了镜片后面的眼睛里跳动着快乐的光点。等我结结巴巴地讲完以后，她调皮地一笑，问我："牧，你猜猜，我多大年纪了？"我不假思索脱口而出："四十岁，最多四十一二岁。"只见她用双手掩住脸，笑得前仰后合，念珠掉到了地上都不知道，好半天才用手指着我说："牧，你在说谎，我已经六十五岁了，我可以做你的奶奶了。"这一回轮到我大吃一惊，真的，哪里看得出来啊！脸上的皮肤，还是那么光洁，没有一丝皱纹；说话的声音一点也不苍老；尤其是那双黑白分明、炯炯有神的眼睛，很像《圣玛利亚的钟声》中的英格丽·褒曼，她看起来比我母亲还显年轻。

从那以后，每次上完课，我们都要闲聊一会儿，像奶奶和孙子坐在树荫下聊天一样。她告诉我，她神学院毕业以后就做了修道，把自己的一切都献给了上帝。她四十多岁时便来到了中国，待过的第一座城市是遥远的哈尔滨，后来还去过许多别的地方，在武昌花园山待的时间最长。她喜欢中国，也喜欢中国人。她说除了爱尔兰以外，中国是她的第二祖国，武汉是她的第二故乡。当她知道我的家有很多英语藏书以后，她要求我借给她一本《一千零一夜》，我欣然满足了她的这个愿望。

武昌伪省高的校址在巡道岭，大门就像一个普通人家的宅门，如果不是门边挂着一块校牌，真看不出来这里居然是一所省立高中。大门里边相当大，几进平房都用作各个科室的办公室，平房后边是个不太大的操场，操场南侧是一座三层楼的青砖房，那便是教学楼。高一的教室在最下面一层，很大，光线很暗。黑板和课桌椅油漆都已斑驳，好几个窗框上都没有窗户，一切都显得那么破旧，像一个已病得气息奄奄的老人。在所有的课程中，我只对邓北堂老师的语文课还有点印象。他讲课和板书都很随意：讲课时，兴之所至，如天马行空，可以任意发挥一通；板书时，要看他当时的情绪，情绪高，字写得又大又潇洒，特别是那一捺，长而有力，别具笔姿；情绪低，字体瘦小，形容猥琐，躲在黑板的一角，一副极不情愿抛头露面的样子。总的说来，他的板书独具特色，很多字写得洒脱恣肆。每次上课，我就在下面临摹他的字体，渐渐地，我的字终于有了一些长进。

在伪省高，我又遇见了罗德圆，而且也认识了她身边的男士——程彤。程彤是伪省高的知名人士，不仅篮球打得好，还精通日语，在全武汉市中学生日语演讲竞赛中，一路过关斩将，为伪省高捧回了冠军的金杯。报社记者还为他做了专访，报纸上还刊登了他的近照，算是名噪一时的大人物。他和罗德圆在初中时就好上了，现在都进入了青春躁动期，更是如胶似漆，形影不离。上学放学都出双入对，相拥而行。在稠人广众面前，他们尽情地展露自己的本性：程彤喜欢紧紧地搂着罗德圆的腰，罗德圆喜欢把头靠在程彤的肩上，满脸的幸福，满脸的笑。时间久了，他们卿卿我我的身影倒成了伪省高一道靓丽的风景。

在两百多个高中生中，一对男同学引起了我的注意。他们都是圆圆的脸，都是剪得很短的学生头，都是一身旧学生服。上学、放学，总看见他们在一起，好像有说不完的话。其中稍高的那位，体格健壮，浓眉凤眼，看上去憨厚而朴实。另一位体形略瘦，脸皮白净，眼睛灵活，一看就知道是个很有主意的人。他们比我高一个年级。因为我们天天上学、放学同路，虽未交谈，但目光却常常相接，那目光已经告诉了对方："我看出来了，你对我的印象很好，你什么时候能开口对我说第一句话呢？"这一等就等了将近大半年，那时的中学生真是要多傻有多傻！

家里的经济情况明显好转，武昌县县长熊光特地给我父亲配了一辆包车，一个年轻力壮的车夫专门侍候我父亲，但是我们全家都没见过他，因为父亲平时上班多半步行，下班也只让车夫拉到望山门，剩下的那段很长的路，他总是走回去。他更不允许家里人借个由头坐那辆包车。他曾小声对母亲说："该有多少人在看着我，在戳我的脊梁骨，还是夹起尾巴做人的好。"不久，我们又从白沙洲搬到了爷爷的部下朱澄缘的房子里，这也是一栋很大很深的木结构住房，前有花园，后有小院，后门直通一条小河。前门正对十字街，一条典型的武昌老街。自从搬到新居以后，阿义彻底地自由了。因为是独门独户，又有前园后院，阿义便有了更大的活动空间。它比以前长得更健壮，也更欢实。

这时长街上的一些日本洋行的老板纷纷卖家用的东西，包括那时中国人很难见到的收音机。一天，父亲居然买回了一架钢琴，就放在我的房间里。当时我真感到意外，几乎不相信这会是真的。父亲笑眯眯地说："日本鬼子真的要滚蛋了，卖的东西很便宜，今天我正好碰到了这架钢琴，不算贵，我就买回来了，你就好好练吧。"我不知道应该对父亲说什么好，是我的父亲使我比我的好多同学富有：我有那么多中外古今的名著，有阿义这样彪悍强壮的良种狗，有费修道这样好的英语老师，有安心读书的环境，现在我又有了一架音质很好的钢琴，我的同学和朋友没有一个人能和我相比。每天晚饭后，我总要坐在钢琴前弹一两个小时。尽管没有受过严格的训练，指法极不正规，但我熟悉琴键的位置，记谱的能力又很强，所以弹起歌曲来，同样悦耳动听。一家人都喜欢听我弹琴，他们说我弹的曲调欢快跳跃，听了会使本来沉重的心变得轻松起来。我知道这是他们对我的鼓励。

一天，父亲抱回一台收音机，他悄悄地告诉全家人："看来鬼子的气数已尽。今天我去一家洋行买收音机时，洋行的老板小声对我说：'中国人大大地了不起，日本人输了输了的。’我看鬼子想撑也撑不了几天，我还是早点退步抽身的好。”我们都认为父亲的想法很对。三天以后，父亲向熊光递上了一份辞呈，熊光也早已看清了形势，他也有辞官为民的打算，所以当即在辞呈上写了“照准”两个字。分别时，两人长时间地互相凝视着、紧握住手不放，最后两个人都说了一句：“好自为之，多多保重！”这次是他们的永诀，以后几十年，我再也没听见过关于熊光的消息。

武汉沦陷八年，武昌只有一家最大的电影院——大陆电影院，原是日商经营的。这个电影院主要放映日本影片，观众也多半是日本军人和洋行老板。遇到中国的传统节日，也偶尔放一放中国国产电影，像周曼华主演的《夫妇之道》，汪洋主演的《盘丝洞》，我都是在大陆电影院看的。现在日商都纷纷回国，回国前他们必须把手头的东西都变成钱，父亲便趁这个机会买回了大陆电影院放映电影的全部设备。他的设想真的太好了，将来自己开一家电影院，全家人就不愁没饭吃了。不到半年，严酷的现实彻底粉碎了父亲美好的愿望。

过了不久，美机在日本广岛、长崎扔下了原子弹。苏联向日本宣战，苏联红军开到了东北边境，以摧枯拉朽之势，击溃了日本最精锐的部队关东军。穷凶极恶、骄横不可一世的日本皇军终于“忽喇喇似大厦倾，昏惨惨似灯将尽”，已经走向了末日。日本天皇见大势已去，只得在一九四五年八月十五日这一天，宣布无条件投降。胜利的消息一经传出，举国欢腾，喜泪飞迸，沦陷区的人民都为自己不再做亡国奴、不再生活在日寇的铁蹄下而欢呼雀跃，额手称庆。那些日子好像太阳都特别亮，天空都特别蓝，到处是锣鼓声、鞭炮声，到处是欢乐的人群，每天都成了人们喜庆的节日。我们全家也都沉浸在胜利的喜悦之中。我们期盼着二爹早日回家团聚，也期盼着能得到远在贵州盘县的大爹的消息。

日本鬼子投降后不久，武汉市流行起一种疫病——登革热，发病很猛，患者发高烧，持续不退，而且传染很快，几乎没有一家能幸免。有的人家全家人都病倒了，没人做饭，没人开门。听有人说，这是日本军队搞的鬼。我们家首先被登革热击倒的是父亲，他一得病，便来势凶险，请过很多医生，吃过很多药，不仅没有效果，病势反而日益沉重。一天晚上，他把娘和我叫到母亲的房间，交代了他死以后，全家人怎么办的后事。他对娘说：“我最担心的就是你，珉珉才只两岁多一点，小珉刚刚生下来没有好久，我已经和宝霖说了，你愿意留在周家，跟宝霖一起把孩子抚养大，这当然最好；如果你想回娘家，宝霖不会拦你，她会给你一笔钱。我真的放心不下你们娘三个。”娘听到这里，放声大哭起来：“你不要说这种不吉利的话，我嫁到了周家，我就是周家的人，我决不回娘家。以后无论怎么样，我也要把两个孩子抚养大。”说罢，嘤嘤地哭得更伤心了。父亲叹了口气，又对我说：“长清，我本来想把你培养成周家的第一个大学生，看来我这个愿望实现不了了，莫怪你的爸爸，这是命。我要是不在了，这个家就靠你这个大儿子撑起来。你要带好你的弟弟妹妹，要孝敬两个奶奶和两个母亲，你的母亲是个很刚强、很有主见的人，要多听她的话，我们能有今天这个家，真是多亏了她。答应我，不要我一走，我们这个家就散了，再穷，也要把一家人箍在一起。”

我哭着连连点头。母亲柔声对父亲说：“你只管安心养病，不论发生什么事，我们这个家都不会散。你不会有什么事的，再大难关，有我和祖绚，都过去得了。你说了这么多话，一定很累，闭上眼歇会儿吧。”看着父亲放心地合上了双眼，我才回到了我的房间。英子流着泪，坐在灯下等我。刚才我们在母亲房里说的话，她都听见了。我们相对无言地坐着，我第一次意识到，在我们今后的生活中，也许就要失去一个一直荫庇着我们，为我们遮风挡雨，为我们辛苦劳瘁，为我们忍辱负重的好父亲。他对两个不是亲生的母亲是那样尽孝，对弟弟妹妹那样尽责，对我们这些儿女那样尽心，对我们这个家更是那样鞠躬尽瘁。现在我就要从他的肩上接过这副担子，我感到这副担子好沉好重，顿时感到前途茫茫，渺不可测，越往深里想，越觉得不寒而栗。我第一次真切地感觉到父亲在我们这个家所起到的无比巨大和不可替代的作用。我深深感激和尊敬我的父亲，为什么直到快要失去父亲的时候，才认识到父亲人格的力量？我暗暗立了誓言，不管我们家会发生什么不幸，我一定和母亲一起，把这个家撑起来，不辜负父亲的嘱托和希望。

也许是上天垂怜，父亲的病情奇迹般地出现了好转，烧退了，口味也好多了，精神一天好似一天，全家人脸上又重新有了笑容。但时日不久，除母亲和娘以外，胖奶奶、三爹和我们几个兄弟姐妹又相继病倒，连强壮如牛的阿义也染上了登革热。多亏母亲和娘的照料、护理，我们的病也渐渐好了起来。只是阿义却病得越来越沉重：原来壮硕的身躯，现在已骨瘦如柴；原来很光滑的皮毛，现在变得很粗糙；原来炯炯有神的大眼，现在已黯然无光。一天晚上，天下着小雨，外边还刮着风，阿义拖着病弱的身子，来到我的床边。它蹲坐在地上，两只灰暗的眼睛定定地看着我，足足看了几分钟，我分明看见了它眼里晶莹的泪。我的心战栗了，伸出手去摸它的头，它把头靠在我的床沿上，还是那么深情地看着我。当时我真傻，我怎么竟没有意识到阿义将永远离我而去，我怎么竟没有想到它是来向我做最后的诀别的，所以当它颤颤巍巍地站起来，缓缓地走到房门前，再看我最后一眼时，我都没想到这是我们的永别。

第二天早上，我们发现阿义已死在后院里，永远闭上了那双炯炯有神的大眼睛。全家人都哭得很伤心，原来它离开我的房间以后，又去了父亲、娘、奶奶和妹妹的房间，向我们全家人一一告别。它是哪来的那么一股力量，支撑着它那病弱不堪的身子，居然去了每一个人的房间，这是一只多么重情重义的狗啊！我们全家动手，在后院挖了一个很深的坑，埋葬了它，并在坑上种了一棵树。自从失去了阿义，我有好一段时间打不起精神来，总觉得我们家少了一个人，总为我永远失去了一个最忠实的朋友而悲伤；直到我们接到二爹的来信，才逐渐淡忘了我们的好阿义。

二爹终于从重庆寄来信了。他告诉我们，自从宜昌分手以后，他辗转去了重庆，考进了民生轮船公司做无线电发报员，工作稳定，收入较高。现在民生轮船公司要搬回上海和武汉，所以他马上要随船东下，亲人团聚，指日可待。这封信全家人都传看过不止一遍，连棣棣都看懂了，大家都沉浸在期盼团聚的喜悦里，尤其是胖奶奶，高兴得满面红光，好像一下子年轻了好几岁。这也难怪，做了八年的梦现在终于要实现了，做母亲的能不高兴吗？我们收拾好了二爹回家以后住的房间，父亲忙出忙进，心情无比畅快，好像看到了我们家的希望，脸色也比以前红润了好多。

当我们确切地知道二爹乘坐的轮船到达汉口的时间以后，父亲带着我去迎接亲人的归来。那天成了我们家的盛大的节日，母亲、娘和三爹在家里忙着准备团圆饭，两个奶奶也坐立不安地前后张罗着，一家人真比过年还喜庆、还热闹。我和父亲赶到汉口船码头的时候，已经有不少怀着和我们同样急切心情的人们在那里等候，大家的目光里都充满着焦灼和期待。船慢慢靠岸，舷梯放了下来，船上的人如潮水般往下涌，他们也同样急于见到阔别多年的亲人啊！趸船上出现了非常感人的场面，有的人相拥而泣，有的人在地上长跪不起，有的人用颤抖的声音在大声呼唤亲人的名字，有的人在用近似绝望的眼睛在人群中搜寻亲人的脸。哭声里夹着笑声，问候中杂着抽泣。看见这亲人团聚的感人场面，父亲和我的眼睛早就红了。

舷梯上终于出现了二爹的身影，矮矮胖胖的，连我一看都能认得出来。我们挤开人群，迎了上去，不等二爹走下最后一级舷梯，我们三个人便拥抱在一起。要问、要说的话太多了，父亲只哽咽着说："一切都回家再说吧。"二爹也是一脸激动，喃喃地说："哥哥老多了，也瘦些了。"父亲一边急匆匆地赶向轮渡码头，一边回答说："你老哥差点儿见不着你了呢，登革热险些要了我的命。"父亲刚买好船票，船就开始鸣笛，马上就要开了。父亲对我说："你快赶这班船，早点回家，把我们已接到二爹的好消息告诉奶奶他们，免得老人家着急。我们坐下一班船。"当我飞快地跑到趸船上时，船已起锚，上船门已关。我一看，船尾刚离开趸船，便纵身一跳，从起锚的小门跳进了船舱。这一切都发生在几秒钟之内，我不知道哪来的那股勇气，也从来不知道我的身手竟是那样矫捷。

我一上武昌的岸，便跳上一辆马车——那时市内唯一的最快的交通工具——直奔望山门。下车后，我一口气跑完保安街，进十字街，来到自己家的门前。正准备抬手敲门，忽然一个念头闪过脑际，我便在门前先站了一会儿，让那颗一直很激动、很兴奋的心平静一下：千万不能让家里人看出一点破绽，然后轻轻地在门上敲了两下。门开了，三爹第一个冲了出来，“二哥”还没有喊出口，便愣愣地看着我：“你们没有接到二爹？”我把两手一摊：“船上的人都下完了，就是没看见二爹的影子。”母亲扶着奶奶也来到了门边，奶奶声音发颤地问：“你们真的没接到？这个鬼憨子（二爹的小名）说今天到，为什么又不到，让我空喜一场。”说着，流下两行老泪。我感动得差点儿说出了真相，为了让大家能尽尝亲人重聚的欢乐和喜悦，我还是装作很失望的样子说：“那只好明天再去接了。”

还是母亲精明：“那你爸爸呢？他怎么没一起回来？”

“我跑得快，上了船；爸爸要坐下班船回来。”

大家脸上现出了失望的神情，都沉默不语地走回堂屋。奶奶坐在一把藤椅上不停地叹气、擦眼泪，南无奶奶一会儿站起来走到天井看看，一会儿又退回来，不安地坐下。我便溜进我的房间偷着乐，并为自己能想出这一让团聚更加欢乐的高招而兴奋不已。

我急切地期待着父亲的敲门。大约过了一个小时，终于听见了重重的敲门声，大家对父亲一人回来便没有那么高的热情。三爹不紧不慢地走去开门，嘴里还小声嘀咕着什么。只听见大门“哐啷”一声，被一双男人的手重重地推开，接着是三爹因惊喜而发抖的声音：“是二哥，是二哥回来了！”三爹转身便朝堂屋里跑，一边跑，一边颤声喊：“姆妈，嫂子，新嫂子，二哥回来了！”

母亲大感诧异：“刚才长清不是说没有接到么？怎么憨子又回来了呢？”我连忙跑出来解释：“我是想给你们一个惊喜，才没有说实话。”胖奶奶把一只手指在我额头上狠狠一戳：“就你这个小鬼歪点子多，你可把奶奶骗苦了，还不快扶我站起来！”

这时，父亲和二爹已走进了堂屋。二爹几步抢到了奶奶面前，跪倒在地上，奶奶紧紧抱住二爹，泪如雨下：“可把我想死了，我以为我再也见不着你了！”

二爹又拜见了南无奶奶，南无奶奶也激动得泣不成声。全家人都陪着两个奶奶流下辛酸而又喜悦的眼泪。父亲的大嗓门又响了起来：“今天是亲人团聚，应该高兴。憨子，我来给你介绍你没见过的人。看，英子已经长成大姑娘了；这是小儿子棣棣，学习特别好，已经上小学了，以后有空让你看看他的作业；这是珉珉、小珉，你们快叫二爹；这是新嫂子，是我们老家苏州人；你看看嫂子这八年老了没有？我们这个家真是亏了她。”

母亲笑着说：“憨子倒还是老样子，一点也没变，在后方成家了没有？”二爹笑着摇摇头。父亲抢着说：“真的还没有女朋友？这事包在你哥身上，明年就把喜事办了。两位老人家，你们说说，我这个想法不错吧？”两位奶奶笑眯眯地连连点头。这一晚吃完饭以后，一家人坐在堂屋里，谈了又谈，说了又说，二爹说他在后方吃的苦，我们说在沦陷区过的不是人的日子，又谈到被鬼子飞机炸死的大舅和四姨，谈到亲友家里的变化，真有“夜阑更秉烛，相对如梦寐”的感觉。

第二天，小舅舅来我们家玩。他和二爹同年，抗战前彼此就认识，挺谈得来，这次久别重逢，真是格外高兴。他告诉二爹，他已经在程潜的武汉行辕找到了一份少校参谋的工作。母亲告诉小舅舅：“憨子就在这半年要办喜事，你也该考虑你的婚姻大事了，要不要我们两个姐姐帮忙？”小舅舅脸一下子红了："有几个同事想给我介绍，我正想征求征求你们的意见呢。"父亲是个急性子："还征求什么意见，只要你觉得合适，就赶快定下来，这杯喜酒我是一定要喝的。"母亲说："什么时候把你相中的女朋友带来给我们看看。"小舅舅红着脸点了点头。

这时所有沦陷区的中学生都接到了通知，一个月以后教育局要举行一次甄别考试，按成绩编班，学校春季复课。这两个月家里家外发生了这么多事，我早就把学习抛到一边了，现在突然听说要参加考试，真叫我摸头不是脑，不知从哪里抓起。我把学过的教科书都找了出来，该背的背，该做的数学练习再做一遍。通过系统复习，我发现我有两个优势，两个优点。两个优势是：我的英语和语文比我的同龄人好一点；两个优点是：我记忆力强，记东西特别快；有一定的自控能力，能按自己规定的进度进行复习。那段时间，我把自己成天关在房间里，背完了英文背史地；翻译完了古文做数学题，一切进行得井然有序。父亲常常站在玻璃窗外，非常慈祥地看着我，一看就是几分钟，从不打扰我。一天母亲喊我出去喝鸭子汤；棣棣他们都不喝，只让我一个人喝。我问母亲这是为什么，母亲告诉我："你爸爸在玻璃窗外看了你好几天，他发现你一过中午，双颊就开始潮红，到下午五点多钟才退。你爸爸担心你肺部有问题，他请教过老中医，说喝鸭子汤能清肺热，你就把鸭子汤当药喝吧。”母亲的话说得我的心一阵阵发热，我的眼睛潮湿了。

以前，我总认为一家人，特别是父亲最喜欢的是棣棣。当然，我从来没有过一丝不快或妒忌的心理。因为我也非常爱这个小弟弟，他的聪明敏慧，他的勤奋好学，他的善良天性，他的善解人意，他的谦和礼让，这些方面我都自愧不如。对他，我的心里只有钟爱，从来没有想过父亲对他怎样，对我又怎样。现在我才深切而具体地感觉到，父亲同样爱他的长子——那个非常贪玩、沉不下心来学习、常常惹得父母生气的孩子。大概吃完了十几只鸭，我的脸颊也不潮红了，备考工作也做得差不多了。

到了考试那一天，我邀了汉池、文尚一起同赴考场。考场就设在彭刘杨路的省政府大院里，这可是我们以前谁也不敢来的地方。一进大门，两排又粗又高的红柱夹着一条长长的走道，走道尽头有几个考场，里边已坐满了人。我们按考号找到了自己的座位。第一节考语文，考一篇作文：“参加甄别考试的感想”。看见这种带歧视性的考题，我就来气，好像沦陷区的学生无论品和学哪方面都要比后方的学生差一大截子，必须甄别合格以后，才能恩准你入学；后方的学生一律都成了抗战英雄，可以不经过任何考试直接入校学习。我认为这太不公平。于是我先从为什么会有沦陷区学生这一点谈起，我首先指出学生只能留在沦陷区，罪不在学生，而在于日寇的侵略和守土失职的军人；其次，沦陷区的学生饱受日寇欺凌，最懂亡国之痛，因而也最具爱国之心。对于这些多年离娘的孩儿应给予更多的关爱，才能抚平他们心灵上的创伤，而这次的作文题却把沦陷区的学生划成了“另类”，并要对他们进行甄别，这无异于在他们正在流血的创口上又插上一刀。文章最后，我呼吁教育当局要消除对沦陷区学生的偏见，要像慈母一样张开双臂，拥儿入怀，让他们尝到“三春晖”般的温暖，给他们学习的机会，把所有的学生都培养成为国家的栋梁之材。我写这篇作文时，从始至终，一直处于极亢奋的状态，大有“心中块垒，不吐不快”那种感觉，以致另外两节课考的什么内容，考得怎么样，都记得不太分明，但我知道我考得很顺利，决不会给沦陷区的学生丢脸。

一个月以后发榜了，榜就贴在临时中学后改为省立高中的布告栏里。我和文尚、汉池一起去看榜。我报考的高一下，却录在了高一上；文尚、汉池报考的高二上，却和我录在了同一班。我又见到了伪省高那一对常常和我同路的男同学，他们一脸的不高兴，从他们的谈话中，我听出来他们报考的是高二下，却只录到了高一上。巧极了，正和我同班，这会儿我倒不急于认识他们了，以后有的是时间。我马上跑回家去把这一好消息告诉了父亲和全家，大家都为我高兴。

第二天是个阴天，吃过午饭以后，我邀文尚、汉池一起去临时中学看看，我想知道我们该什么时候去报名。我们一走进临中的大门，就有几个学生迎上来："你们也是考临中的吧？这次临中把我们沦陷区的学生刷得太惨了，有的降了一年，有的降了一年半，还有的降了两年。我们想在蛇山开个会，向省教育局请愿，希望你们参加。"我们三个人商量了一下，决定去蛇山看看。果然在抱冰堂聚了几百学生，在那群学生中我又看见罗德圆和程彤，他们是属于"名落孙山"的。几百人的情绪都很激愤，一致决定，在教育局没有给学生满意的答复之前，拒绝报到。当时推选出几个代表，程彤也在代表之列。

散会以后，我们一边慢慢踱下山来，一边议论着今天发生的我们认为很新鲜的事，不知不觉来到了紫阳湖边。这时，从两边都是杂草乱石的小道上走过来一个年轻人，他细高个儿，容长脸儿，两条修长的眉毛向上挑起，眼神充满着自信。汉池、文尚都同时喊起来："吴纯武！"吴纯武这才看见了我们，我们把去蛇山开会的事告诉了他，他也是一脸的愤愤不平，因为他也从高二下降到了高一下。

这是我和纯武第一次相识，我们就相识在美丽的紫阳湖畔，从此开始了我们长达半个多世纪的友谊。我感谢文尚和汉池，是他们让我结识了一位好朋友，我也非常感谢纯武，如果不是他，我不可能认识升阳、才元、欧阳青、桂际农，特别是不可能认识我的挚友兼诤友正国、正瑛，我的生活将会因之失去一大片绚烂的光彩。

父亲和母亲分途紧锣密鼓地开始张罗起二爹和小舅舅的婚事来，那时谈婚论嫁很注意男女双方家庭的门第和名声。我们校厂湖周家在望山门、保安门、水陆街、十字街一带，还颇有点名气，尽管校厂湖的祖业已经转卖，但人们都知道我们周家有根底，是积善人家，加之我父亲为人忠厚重义，古道热肠，口碑极好，所以想把女儿嫁给二爹的殷实富户还真不少。父亲选中了望山门胡家米行的胡四小姐胡志芳。胡四小姐的父亲胡四爷是近十年发起来的大老板，米行的生意做得很红火。他做生意很讲究“诚信”二字，从不使奸耍滑，深得顾客信赖。胡四爷对二爹的条件很满意，双方交换了照片。胡四小姐的这张照片设计得很新颖：穿着旗袍的她面朝梳妆台的大玻璃镜，背斜对照相机的镜头，这样不但能从镜子里看见四小姐青春、姣好的容颜，而且也能看清她匀称苗条的身材。

二爹对父亲的选择非常满意，便约了一个时间两个年轻人见了面。真是“千里姻缘一线牵”，二爹在后方八年，守身如玉，四小姐在沦陷区八年，待字闺中，现在一经接触，感情便飞快发展。胡家开始为四小姐准备嫁妆，二爹在陈子丹家租了一间很宽大的房子，新房由父亲和三爹负责设计，母亲、娘和我都抽空来布置，不让二爹操一点心。就在他们相识三个多月之后，便热热闹闹地把胡四小姐——我们的二妈——迎进了门。人真是很难说，二妈在娘家娇生惯养，内有丫头，外有听差，完全过着饭来张口、衣来伸手的富家小姐的生活。自嫁到我们周家以后，家里的什么活都干，对人又谦逊，说话又和气，还弄得一手好菜，“三日入厨下，洗手作羹汤”，二妈做的汤，只要尝过的人，没有不夸好喝的。看见自己亲手操办的婚姻这样“大获成功”，父亲欣慰地笑了。

不久，我们家的麻烦接踵而至。先是父亲以汉奸罪被抓进了监狱。为了营救父亲，母亲四方奔走，到处送礼求人。只要知道了一点点线索，母亲都抓住不放，就这样她去过国民党军政要员的公馆，闯过法官、监狱官的家，逢人便送礼，见人便求告，只希望不要把父亲判得太重。母亲总是一大早出门，很晚才回来，家里的事全由娘和三爹料理。不管在外边受了多大委屈，不管求人遇到了多大困难，母亲只要一回到家里，脸上便换上平静、温和的笑，让我们那颗为父亲和母亲揪得很紧的心能放松开来。听娘说，母亲常常直到后半夜，还在床上辗转反侧，不能成眠，有时还小声哭泣。但第二天早晨出门时，又是一脸的平静，嘱咐我们要听娘的话，要我们不要为她担心。这就是我们的母亲。试想一下，一个从来足不出户的旧式女子，为了救我们的父亲，为了减轻父亲的判刑，心甘情愿地抛头露面，低声下气地求人；常常是强装笑容走进人家的门，掩面哭着被人家推出门来，这要忍受多大的屈辱、多大的内心痛苦啊。一个多月的奔走，终于收到了一点效果：父亲只判了一年零三个月的刑，这在当时是判得比较轻的，特别是免去了财产充公这一条，没有把我们一家人赶到街上。

家里一点点可怜的所谓的“财产”虽然没有充公，但国民党接（劫）收大员却以各种各样的名义，频频光顾我家。也不知道他们是怎么打听到的，他们的眼睛都盯上了钢琴和电影放映机。有时一来几拨人，都由母亲出面应对。也许母亲早就看透了这些卑鄙之徒的丑恶嘴脸，加之她机敏过人，常常能发现他们在索要钱物时说话中的破绽，及时予以揭穿和驳斥，弄得他们张口结舌，无法招架。那些气势汹汹的男人不管来硬的还是来软的，母亲全都不吃，他们真把这个“妇道人家”没有一点办法。来时满怀希望能大捞一把，走时垂头丧气两手空空。

但是母亲还是遇到了两个来头极硬的刺头，其中一个专冲钢琴而来。当时我正去学校找一个同学，等我回家，走在长街上，看见几个军警抬着一架钢琴正朝我走过来。我一眼就认出来那是我家的钢琴，最终还是被这一伙强盗抢走了，只觉一股热血上涌，心像被人戳了一刀似的痛。我脑子昏昏沉沉，一片空白，只有一个念头催动着我的脚步：赶快回家去看看家里发生了什么事，钢琴被抢走，母亲受不受得了？

当我推开母亲房门的时候，母亲躺在床上流泪；娘、奶奶、三爹都坐在床旁边，轻声劝着母亲。大家一看见我，都高兴地说："好了，长清回来了，好好和他商量一下，下一步该怎么办？"母亲带着歉意对我说："我还是没能为你保住那架钢琴，你千万不要难过，以后有机会再买。"

母亲和我都清楚地意识到，下一步那些"劫"收大员就要来强打恶要我们的电影放映机了，我们再不能像今天这样被动挨打。我们请来了一位懂电器的亲戚，把还能值一点钱的零部件装了一大箩筐，运到准提阁南无奶奶处，只留了一台基本报废的电影放映机，坐等国民党"劫"收大员来"劫"收。母亲真是个心细如发的人，她还把电影放映机的结构图夹在了一本外文书里，怕它给我们家带来麻烦。果然，在钢琴被抢走以后的第三天，一个身穿国民党军服的大个子男人带着几个军警，手执一纸命令，凶神恶煞地要母亲把电影放映机交出来，否则就要抄我们的家。母亲款款地走到大个子的面前："长官，我能看看命令吗？"大个子把拿着那张命令的手往后一缩："看什么看，照我吩咐的做，真啰唆！"母亲声音还是不高："我连是谁下的命令，是什么命令都不知道，我怎么执行命令呢？对不起，我不能给你电影放映机，现在假接收大员太多了，我不能把东西给了骗子。”大个子气得脸红一阵白一阵：“你骂我们是骗子，真是瞎了你的眼，你拿去看吧。武汉警备司令部的命令，那还假得了！”

母亲知道这次再也顶不住了，只好把他们带到储放东西的房间，朝屋角一指：“你们搬吧。”这个大个子确实狡猾，向母亲索要机器的图纸。这次母亲再也忍不住了：“没有，我从来没看见过什么图纸。”大个子冲到我母亲跟前，母亲迎了上去：“怎么，你还想打人，你们真比日本鬼子还会欺压百姓呢！我一个妇道人家懂什么图纸，你想要图纸，找卖机器的日本老板去。”母亲的话顶得那个大个子眼睛一眨一眨的，母亲索性再气他一下：“你刚才不是说要抄我的家吗？你抄啊，我可要提醒你一句，命令上可没有这一条啊！”大个子狠狠啐了一口：“算我倒霉，碰到了你这样难缠的女人，走，快把东西搬走！”等母亲关好大门进来，我们都从各人的房间走出来，母亲笑着对大家说：“搬走了也好，以后再也不会有鬼上门了，要不然这些鬼总是闹得我们家宅不安。明天是你爸爸的接见日，长清，你有没有空去看看你爸爸？”我点了点头。

自从父亲被关进监狱以后，母亲一个星期去探视两次，风雨不误。除带去父亲喜欢吃的菜以外，每次总要带去很多父亲点名要看的书。在短短的探视时间里，母亲总是以最快的语速，把家里所有人的情况都告诉父亲，免得他记挂。母亲每次把父亲已看过的书带回来的时候，总是把我叫去，郑重地把这些书交给我，因为在每面书的空白处，都有父亲用铅笔仔仔细细写下的对我的叮嘱。一次，母亲告诉我："你爸爸很想看看你最近的作文，选两篇，我下次带去。"我挑了三篇散文，夹在书里，请母亲带给父亲。父亲看后，非常高兴，在书的空白处详细地写下了他对文章的看法，说我的文章进步很快，说我的学习上了路，这是他最感欣慰的事。尽管父亲在监狱里待了四百多天，他的心始终系在我的身上，真可惜啊，这些记下了父亲对我殷殷期望的书，我一本也没保存下来，也不可能保存下来，这是我一生中最大的憾事，但父亲对子女的拳拳爱心，我永生永世也不会忘怀。

金色年华——在省高那段美好的日子

学生向教育局的请愿终于有了结果：临时中学更名为湖北省高，所有的学生都升一级。和同学们比起来，我最划算，因为我本来考的就是高一下，现在如愿以偿，其他没考取省高的学生，教育局也已安排他们去别的学校就读。学生的心安下来了，都想把玩野了的心收束一下，静下心来学点东西。说来也真巧，省高的校舍就是原来父亲工作过的军训团，我们上课的教室就在我父亲原来的办公室的旁边。有几次我真的感觉到父亲正从办公室走出来，和他的同事大声地说着话……

我所在的高一下这个班有七十多人，密密麻麻地坐满了一个大教室。在伪省高就给我留下很深印象的那对男生跟我同班，我们很快就认识了。长得又憨又壮的那位叫马鸿钧，长得白净清秀的那位叫袁昌仪。我跟马鸿钧熟得特别快。一天下午放学回家，鸿钧约我晚上出来和他一起散步，我欣然同意。晚饭后，他第一次来到我家邀我，母亲一看见他就很喜欢他。我们先在长街上漫步，后来觉得长街上人太多，不适合我们推心置腹地谈心，便来到青年会馆的一个小花园里，那真是一个很幽静的去处。我们在一块草坪上席地而坐，西天一抹晚霞的余晖还没有褪去。我们谈了自己的家，谈了各自的经历、兴趣和爱好。原来鸿钧的父亲是一个中学老师，母亲是个家庭妇女，有五个兄弟姐妹，他和我一样是家里的老大，下边有一个小弟弟和三个妹妹。他喜欢打篮球，也喜欢游泳，口琴也吹得不错。我也告诉了他我的一切，包括关在牢里服刑的父亲。这是我生平第一次和我最心仪的朋友非常坦诚地谈心。从谈话中我感觉到我们都渴望得到对方的友谊，并坚信这种友谊一定会永远保持下去，而且历久弥新。不知不觉，月亮已升到中天，把银辉遍洒在我们身上。我们依依不舍地站起来，互相看了一眼，都有一种相识恨晚的遗憾。分手回家以后，我心里一直充满了幸福感："人生得一知己足矣，可能鸿钧就是我人生中的知己；有了这样忠实可靠的知己，我的心会感到踏实，我的生活会充满阳光和希望，我一定要珍惜我们之间的这份情谊，直至地老，直至天荒。"

我们又要搬家了，因为房东朱澄缘打算从汉口搬回十字街老宅。正好街对过的熊家空了好多房间，我们很快便搬了过去。熊家的房子也是老式民居，一进大门便是一条狭窄的走道，然后才是正正规规的宅门。房东熊家住了左边一溜房间，我们家住了右边一溜房间，还另加了左边一进门的那个房间。正屋后边有一个很大的狭长的院子，种了一些菜蔬。房东一家有五口人，熊老先生约莫六十来岁，须发已经灰白，腰杆却挺直，瘦高个儿，动作灵活利索。他有一双像鹰隼那么锐利的眼睛，平时寡言少语，但非常有见识，绝非等闲之辈。他们家兄弟三人，他是老大，老二在国民党军队混到了师长的军衔，老三很早就参加了八路军，留下了一个儿子，由熊老先生照看。

听说这位熊老先生是在山西太原贩运鸦片起家的，发了财以后，便在武昌长街司门口繁华区买下了两栋铺面房，租给别人做生意，又在十字街买下两个铺面，并在老家乡下广置田产。他是个地地道道的土财主，相当有钱，但从不外露，更不摆阔，平时深居简出，偶然出外，也对左邻右舍非常客气。他就是这样一个深藏不露、安享晚年的寓公。熊太太至少比他小二十多岁，有一张能说会道的嘴。她其实很讨厌老三留给他们的这个儿子，但当着我们家老人的面，却说自己如何疼爱他，如何恨铁不成钢，如何为他着急、操心，说着说着，眼泪便唰唰地流下来，比开水龙头还快。她的那张嘴简直可以哄死人，可以把白说成黑，把你卖了你还帮她数钱，活脱脱一个王熙凤似的人物。

他们有一儿一女，女儿熊起琼正读省一女中高一，虽是富家小姐，衣着却并不华丽，作风也不妖媚。她走路的姿势肯定是学的周曼华，走的是一字步，头微抬，胸挺起，目不斜视，还颇有几分气质。她有一条高亢清脆的好嗓子，学习之余，喜欢来一段《贺后骂殿》《三堂会审》中的流水或《石头人招亲》。偶然唱得荒了腔，走了板，熊太太便给她纠正，并给她示范，当然那也只是小声度曲，我还从来没听熊太太放声唱过。我搬到新居不到一个月，熊起琼会唱的京剧段子，我全都会唱了。就在这个时候，我发现我的小嗓竟然那么宽亮，从此我开始在后院吊小嗓，每天晚饭以后，就独自一人来到后院，毫无顾忌咿咿呀呀地唱起来。练了两个多月，无论是高音区还是低音区，我都唱得游刃有余了。我喜欢在学习的间歇，高歌一曲或两曲，以解劳乏。只是万万没想到，我这一唱，就再也听不见我师父的演唱了。当我发现这一情况以后，好一阵子不安，我确实没有要压倒我师父或者存心要和师父唱对台戏的意思。但不良影响已经造成，我真是后悔莫及，虽“万死”也不能辞其咎了。

熊起琼有个弟弟，叫熊起琪，他要比我小三四岁，刚进初中，脸上总挂着自信的笑，但因为本质朴实，又没有富家子弟那种浮华习气，所以我的同学并不讨厌他。他很佩服我的同学，只要他们来我家玩，起琪就会凑拢来听我们谈些什么，有时也要发表一下他的高见，他那憨憨的样儿，还挺逗人喜欢。只有文尚的嘴不饶人，少不了要刺他一下：“我说熊少爷，今天是什么风把你吹到我们这儿来了？哟，我还没看见，熊少爷今天又穿了一件新衣服，肯定是花大价钱买的吧。”起琪明知这是在讥刺他，也只是讪讪地笑一笑，从不生气，更不还嘴，透着一股憨厚劲儿，我至今想起来，还是挺喜欢这个小伙儿的。最可怜的是那位父亲参加了八路军的侄儿，寄“婶”篱下的日子还真不好过。堂姐、堂弟都上学，他却只能在家干做不完的粗活。那时我家的饮用水都是雇人挑来的，熊家的水全由这个小伙子挑。小侄儿的母亲，一个老实巴交的乡下女人，偶尔进城来看看儿子，总要受到嫂子的白眼，不许她坐到桌子上和他们一起吃饭。小侄儿不敢和我们家的人说话，如果说话被伯娘看见了，轻则一顿骂，重则一顿打。我们很同情这个小男孩，想帮他也帮不上。听说1949年以后，已经是高级干部的父亲来接这个可怜的儿子的时候，这位伯娘硬是舍不得放这个侄儿走，说是真要走了，她会想死的，说着还不停地擦眼泪。熊太太就是这样一位天才的很会演戏的好演员。

一九四六年年初，后方的学生陆续回到武汉，进了省高，班上的学生更多了。一天教务主任唐名棣向我们宣布：“这学期教你们数学的老师，是武汉市鼎鼎大名的四大金刚之一陈化贞老师，他的教学水平之高就不用我说了。我只提醒你们，他出题很刁，总是在解题的最关键一步上，难倒一大片人，给分又极严格。你们能遇到这样的严师真是你们的造化。”教师而以金刚名之，必严必狠必经常怒目圆睁无疑，我如是想。第二天，同学们都在教室里正襟危坐，静候严师驾临。陈老师从容地走进教室，他大约四十来岁，平头，面容清癯，眼镜的镜片厚而小，镜片后是一双睿智但很和善的眼睛，完全不是“金刚怒目”式的“魔头”，全班同学脸上的表情都松弛了下来。陈老师手里只有一本英文版的范氏大代数，他没有自我介绍之类的开场白，只是环视了一下目光灼灼的学生，嘴里念念有词，“Page 4”（第4页），几个像镂刻出来的英文字母和数字，那么整齐、那么清晰、那么具有立体感地出现在黑板上，接着便开始讲课。他既无讲义可看，也极少翻英文范氏大代数，好像他要讲的例题都装在他的脑子里，真所谓“信手拈来，自成妙谛”，我从未见过如此漂亮、如此条理分明的板书，也从未听过如此简洁精练的言辞，更从未遇到过对教学内容如此烂熟于心的好老师。他讲一口枣阳话，不时还夹杂着一些英语解释。虽然我们初听起来有点吃力，但枣阳的乡音和不太纯正的英语，却让我们感到那样朴实、亲切、悦耳。陈老师的第一次课就这样把我们全班给“震慑”住了、给“俘虏”去了。当天全班同学都去买了一本英文版的范氏大代数。

一个月下来，我们又惊奇地发现了陈老师一个与众不同的地方，他原来竟是个从不批改作业的人，更奇的是，同学不但喜欢做课后的练习，而且还主动收集来大量的课外习题，竞相解题。比解题的速度、思路的新颖，几乎成了我们班同学每天最大的乐趣。陈老师的课就这样神奇地激发了同学们对数学的热爱。另外，我还很欣赏省高的校风。省高非常民主，非常自由，不喜欢听的课可以不上，住读生回宿舍学自己喜欢学的东西，走读生大多溜到与省高一墙之隔的省图书馆，翻看各种书籍。到了上喜欢听的课的时候，再进教室去。学生这样“无组织、无纪律”，却没有人批评，我们好喜欢这种宽松的学习环境啊！

一九四六年七月，学校举行了期末考试，采取了打乱原班级、把全校学生按梅花形编排座次的方法，每个学生前后左右的五个人都和你不同年级不同班，你别想从你的“铁哥儿们”那儿得到任何“外援”。学校的这一招真叫厉害，加之各科的考题难度相当大，那次期末考试考下来，几乎五分之二的同学不及格科目达到了三科以上。按照学校规定，他们只能拿到一纸“勒令退学”的命令。我很幸运，只有数学一科不及格，还能跟班读，但如果高二上学期数学仍不及格，我就得留级。我比以前学习认真得多了，我们班留下来的三十多个学生，都是基础扎实、学习刻苦的人。自打那次大考以后，整个学校勤奋学习蔚然成风。我第一次有了“如临深渊，如履薄冰”的感觉，因为我深知，和同学们比起来，无论是基础知识，还是学习习惯，我都有很大差距。我感到了沉重的压力，认识到自己的严重不足，但我有决心要迎头赶上，至少要能和同学们一起并驾齐驱。

一天纯武邀我去他家看抗日战争相册，说相册里有很多幅关于南京大屠杀的照片，我欣然接受了邀请，有这样的机会我还会不去？纯武的家是一栋低矮的平房，靠近大门的几间房都已出租，纯武的父母住在后边的正屋里。纯武的父亲话很少，慈眉善目，蔼然可亲，母亲快人快语，嗓音洪亮，待人非常热情。我们和两位老人打了招呼以后，便钻进了纯武的房间。房间里已经坐着两个年轻人：一个中等个儿，身板很结实，眼神柔和而善良，给我留下了很深的“可亲可信”的印象；另一个身个儿矮小一点，一副文质彬彬的样子，性格沉静内向，满脸的书卷气。经纯武一介绍，我才知道，那位“可亲可信”的小伙子叫何正国，小学就跟纯武同班，跟纯武是“青梅竹马”的好伙伴，最近刚从后方回来。那位书卷气很重的年轻人是徐升阳，也是后方回来的学生。

他们现在都和纯武读同一个班。抗日战争相册是升阳带来的，厚厚的一本，装帧得非常精美，里面的很多照片，都是我这个从沦陷区来的学生从未见过的，真可谓大开眼界。正国和升阳还谈了很多他们逃到后方的经历以及学校生活，这些也都是我闻所未闻的，真可谓大饱耳福。我们第一次相识就谈得非常畅快，彼此没有一丝疏离感，不像是新知，倒像是旧识。分手时，正国一再热情邀请我们去他家玩。

在我一生中，一九四六年是我的友谊丰收年。我刚认识了正国、升阳不久，鸿钧又把孙有志领到了我面前。有志小矮个儿，精瘦精瘦的，就住在我家斜对过不远。他想参加一个私立中学的入学考试，但他的文化课实在学得太差，绝对没有能力应考，鸿钧便在他面前把我胡吹了一通，说我中英文如何如何好，现在数学成绩也上来了，如果求动了我，考进私立中学是没有问题的。既然是鸿钧的朋友，且是鸿钧带有志来求我，我焉有不帮忙的道理。我和有志同去私立中学报了名，恰好分在同一考场，而且座位离得很近，加上私立中学老师监考不严，我这个枪手顺顺当当、非常出色地完成了任务。有志不仅当时对我感激得不行，在以后漫长的岁月里，他始终对我存有感激之心。只要我有事求他，他必倾其

前排自右至左：周牧、吴纯武、王文尚；
后排自右至左：马鸿钧、袁昌仪

全力相助。

我喜欢有志的厚道、单纯，他是一个心无城府、完全透明的人；跟他在一起，我可以想说什么就说什么，想做什么就做什么，任情纵性，率意而为。他的祖父曾当过知府这样的大官，在十字街上有三个很大的铺面，并在铺面后盖了一栋占地很大的宅子，仅天井就有七八个，大小住房不下三十多间，有志只住了很大一间正房，其余的房间全部租给了别人。因为他父母都死得很早，只有一个姨妈帮他照看着这偌大一份家业。三个铺面和三十多间住房的租金，那是相当大的一笔数字，他只留一小部分自己用，其余的大部分都交给姨妈替他保管。

他是我们同学中唯一一个能常常去汉口大舞台和新市场看京剧的人，有留声机和一大摞京剧唱片、歌曲唱片，还有一部德国进口的照相机，这在当时我们同学中就算得是最阔绰的了。最难能可贵的是他身上找不到一丁点儿阔少的恶习：既不抽烟，也不喝酒，衣着也很一般。他的智商并不低，他在音乐方面的鉴赏能力大大超过了我们小圈子中的任何人。他的京胡拉得很不错，会拉很多京剧唱段。自从我们相识以后，他便成了免费为我服务的琴师。鸿钧在他的影响和帮助下，也学会了京胡拉戏。两把京胡为我伴奏，我的京剧唱得越来越像那么回子事了。我会唱的戏很多，《女起解》《三堂会审》的全部唱段、《四郎探母》中的《坐宫》的唱段、《霸王别姬》中的南梆子和二六唱段、《太真外传》中的主要唱段，都成了我的保留节目。有志常常笑着对我说："你完全可以开个京剧独唱晚会，你要有兴趣，我可以给你提供场地和经费。"京剧独唱晚会倒是没有开成，不过京剧却真让我在省高大大出了一回风头，那是后话。

教导主任唐名棣的话还真的兑现了，高二上学期期中的代数考试，我们班竟有三分之一的人不及格，我当然难逃此厄，遂面临着留级的危险。我不敢把这个考试结果告诉母亲，更不敢让正在坐牢的父亲知道。我深知他们对我抱有多大的希望，也深知当时家里有多大的困难。母亲就是这样的人，不到真正揭不开锅盖，她是绝不会让我知道家里窘迫的情况的，她不愿意让我学习分心。接连两三个晚上，我都睡不好觉，白天也吃不下饭，我不敢正视母亲的眼睛。一天，母亲突然问起我的考试成绩，我心里慌得乱跳，脸上却装出很高兴的样子说："这次数学考试很难，很多同学不及格，我刚六十分，我不好意思告诉你们，期末等着看我的成绩单吧。”母亲只将信将疑地盯了我一眼，没追问。其实我的心正在喊天，期末我的代数成绩能上得去吗？我可一点信心也没有啊！

考试后第三天下午一放学，我找到了陈老师的家，请求他给我的试卷加分。他瞪着一双惊愕的眼睛听着我情辞恳切的哀求，接着很快转身进房抱出来一大叠成绩册：“你自己看看，这都是我历年教过的学生的成绩，我一直把它们珍藏着，这里边有很多都是北大、清华、交大的毕业生，还有的在国外继续深造。”说到这里，他脸上流露出一个教师特有的自豪的神情，“周牧，你怎么会想出这么个歪主意，找到我家里来，要我给你加分？我怎么能欺骗学校，欺骗同学，欺骗你的父母亲？我告诉你，我从来没有给任何学生加过分，今天也决不会给你加分。你其实并不笨，只是以前没打好基础；只要你以后学习有不怕困难的韧劲，你的数学一定能学得好。这样吧，距离期末考试还有半个学期，我的侄儿和儿子都和你同班，我要他们帮帮你，以后你遇到了实在弄不懂的地方，你可以像今天一样，找到我家来问我。最后你要告诉我，是谁把我的地址告诉你的？”我狡黠地一笑：“陈老师，你的数学头脑难道连这一道简单题都解不出来？”说完我一溜烟地逃了出来。

陈老师给我把这条加分的路，严严实实地堵死了，我要想不留级，只有下苦功夫学。陈老师的儿子和侄儿真的很关心我，给过我很多帮助，但我们两家离得太远，我不可能常去他家，得另觅他途。在我的好友中，汉池的学习成绩一向比我们出色，我只得转而求他。从此我常去汉池家，一去便钻进那个“世外桃源”，关起门来一道解题。遇到我有不懂的地方，他很善于解惑，几句简单明了的话，便使我如醍醐灌顶，一下子明白过来。我的数学进步很快，并且我对数学越来越感兴趣，到处收集难题、偏题，自己求解。考代数的前一天晚上，我和鸿钧一起，整整熬了一个通宵，把几十道难题重又做了一遍。第二天，代数考试考得非常顺利，估计绝不会出大错。那天我回到家里，饭也不吃，蒙头大睡，整整睡了一个下午。终于高二上学期数学期末考试，我考出了好成绩。陈老师只在讲台上向我投来嘉许的目光，我认为这便是陈老师给我的最高奖赏。父亲在牢中知道了我的考试成绩，一连给我写了四封信，当然都是写在书的空白处，那字里行间流露出来的喜悦之情和拳拳慈父之心，使我至今难忘。

我在收获着优秀的学习成绩的同时，也在收获着真挚的友谊：我终于第一次迈进了正国的家。正国家的大门平时总是关得严严的，大门后边是一个林木葱茂的花园，花园里养着一只很可爱很顽皮的小猴。我们通常从后门进。靠近后门的是厨房，厨房门外是一个小走廊，往前走几步是一座灰砖两层楼房。对着厨房开着的那个小门，把我引向一个楼梯，上楼以后，便是正国的住房。房较大，家具不多，书和杂志却不少。一台外观很漂亮、质量也不错的的收音机放在小木柜上，这在当时真算得上是件奢侈品。那时武汉三镇百分之九十以上的住户都用煤油灯，吃雇人挑来的水。正国却用的是电灯，喝的是家里的自来水，而且能听收音机里的点的流行歌曲，算得上是中等偏上的生活水平。

正国告诉我，他最喜欢看的小说是《简·爱》，最崇拜的明星是陈云裳；我也告诉他，我最喜欢看的小说是《大卫·科伯菲尔》，我也喜欢陈云裳，但我更喜欢周曼华和周璇，尤其喜欢周璇唱的歌。正国的妹妹正瑛插上了一句："你们怎么都没提到李丽华呢，我更喜欢李丽华雍容华贵的美。我也喜欢周璇，你能不能告诉我她唱的哪些歌最流行？"谈到周璇唱的好听的歌，我简直如数家珍。说到高兴

何正国家的小楼

处，还一边介绍，一边哼唱，我在这方面知识的“渊博”，使正国、正瑛佩服不已。其实知道一点电影明星的逸闻趣事，那算得了什么，都是从我父亲买回的电影杂志和电影画报上看来的，我不知道的东西多着呢，我就从没听说过《简·爱》这本小说，更不知道勃朗特三姐妹在文学史上的地位，居然大言不惭地在何氏兄妹面前夸夸其谈，十足证明我的幼稚和浅薄。

正瑛比我小两岁，身体娇弱，性格文静，甚至还有点羞怯，一看就知道是个单纯、善良的好女孩。她和英子一样，都在紫阳湖畔的省一女中读初中，她们也很快成了好朋友。我们常常相约一起看电影，一起点歌、听歌。有一首歌我已忘了歌名（《还乡行》——编注），只记得它的词和曲：

好音从天降，欣喜若狂。尝够了流离滋味，准备回故乡。八年阔别。故乡该无恙，那小桥流水，那江南草长，那庭园绿茵，那田舍风光，那蔼然的父老，那慈祥的高堂，我曾苦忆了千遍万遍，我曾苦忆了千遍万遍。如今快见面了，怎不欣喜若狂？怎不欣喜若狂！

卷诗书整行装，上征途意气扬，江流似箭，关山退两旁。怎及我归心更急，恨不得插翅飞翔。插翅飞翔。行看重整家园，天伦欢聚一堂。同建新中国，共乐安康。

这首歌还是正瑛教会我唱的，我非常喜欢这首充分表达了后方人民思乡恋家情结的歌。我也教她唱会了《扬子江之歌》。那时我们都有抄歌的习惯，一首好的流行歌曲刚问世，我们便立即抄下来，有时互相帮着抄，都希望能在最短时间内学会唱。是何家的小妹妹第一个发现了我的一个“才能”：看谱同时唱词，而且唱得居然还不走调，我便成了教正国、正瑛和英子学唱新歌的老师。

去正国家的次数多了，少不了要留在他们家吃饭。我先认识了何伯母，她面容慈蔼，举止文雅，说话轻言细语，体质稍显单薄，对我们就像对子女一般疼爱。不久又认识了何伯父，他个子不高，两眼聪慧有神，性沉静，喜思考，有学者风度。我还听说了一件关于他老人家的趣事。他在日本读完高中，参加东京帝大入学考试以后，一天，他去看录取新生的榜，从左看到右，越看越心慌，怎么还没有自己的名字？榜眼看就要看完了，依然没有看见那个“何”字。他心想，即使取了，名次靠得这么后，肯定考试成绩很糟糕，真是羞见江东父老。一个中国同学惊喜地告诉他：“祝贺你，你考了第一名。”何伯父这才知道，原来日本大学录取新生的榜，排名顺序正好和中国的相反，他是从倒数第一名看起的，怪不得找了半天也找不到自己的名字。

当时何伯父是一家银行的行长，他衣着朴素，态度谦和。两个老人对一双小儿女的疼爱主要表现在对他们的充分信任上，他们尊重儿女的选择，鼓励儿女个性的自由发展，是我们同学的父母中最提倡民主作风的老人家。他们从不过问我们在一起做什么，给了我们充分自由的活动天地，我们两家兄妹在一起相聚的那三年，是我一生中最快乐、最欢畅的日子。

和我欢乐的心情恰成鲜明对比的是鸿钧的心境。他正当中年的父亲突患脑溢血去世，抛下了五个嗷嗷待哺的儿女和一个遗腹女，抛下了一个完全没有工作能力的妻子，家庭的重担一下子落在了正读高二的鸿钧肩上。为了让鸿钧能安心完成高中学业，马伯母毅然卖掉了唯一的一栋私房，搬到了明伦街的濮家。马伯母性格直爽泼辣，敢怒敢骂，吵过了骂过了，就像雨过天晴一样，啥事也没有，是个极痛快的老人家。一大家子人，突然断了收入，家境的艰难可想而知，马伯母免不了要发点脾气，鸿钧是老大，挨骂挨得最多。鸿钧的性格好，从来不顶嘴，装作没听见。即使马伯母当着我们的面骂他，他也好像什么都没发生似的，照样和我们说笑。我问他为什么这么能忍，他说，他妈妈真是够苦的了，一肚子苦水，不向大儿子发泄又能向谁发泄？其实马伯母骂过一通以后，又很后悔，责怪自己不该把气撒在儿子身上，儿子的日子更不好过，说着说着便流下泪来。那两年真不知道他们家是怎么熬过来的。

我家和鸿钧家离得最近，他喜欢和我一起做作业，复习功课，还很喜欢邀汉池一起来我的房间下围棋，也喜欢和我晚上坐在房间里，一灯如豆，或索性不点灯，东拉西扯地谈一些不着边际的事。平时上学，他总是来邀我，让我坐在他的旧自行车的后座上；放学时，我也多半和他同坐一辆车回家。他知道我很想学会骑自行车，一天午饭后，他邀我一起去省图书馆前的大草坪上，教我骑车的技术。他先让我在车上坐好，他在车后扶住车，要我掌握好车龙头，只管放心大胆地往前骑，还说有他在车后“保驾”，我绝不会摔下来。

我真的按他教的方法，练习着骑自行车，越骑越快，也知道怎么转弯，就是不敢回头看鸿钧跟着车跑的样子。我索性把车飞快地骑到了草坪的尽头，忽然我听见鸿钧在后面很远的地方大声喊："你骑车考试及格了！"

我高兴地跳下车，他也满面笑容地跑过来："我告诉你一个秘密，你刚往前骑的时候，我只在车后扶了一下，很快就松了手，我有意不让你知道，你骑得很稳，那么有信心！再练一两天，你就可以买一辆车，我们可以一起骑车上学，一起骑车去东湖玩了。"

"不，我才不会那么傻呢，坐在你的车后，多舒服啊，不用自己费劲，还可以跟你瞎聊，这样的好事，何乐而不为？"

我说的是真话，一来当时家里连维持日常生活都很困难，哪还有余钱买自行车？二来我真的很习惯坐在他的车后座上，跟他有一搭没一搭地谈话，那种放松、自在和无拘无束的亲密接触，我怎么会轻言放弃？

文尚的心境同样也好不起来。他高二上学期的期末考试没有通过，只能留一级。他是我们同学中自尊心最强的人，一赌气不在省高读了，考进了武汉的市二中。市二中在汉口三元里，离他家很远，他只好住在粤汉铁路局的一间办公室里，因为他的一个亲戚就在这个办公室上班。这样一来，他只能每个周末回一次武昌。“相见日以稀”，我们反而比以前整天厮混在一起更亲热了。他的父亲因为在日伪时期当过差，为了躲过国民党的逮捕，白天藏在暗楼上，晚上才敢下楼来，和家人在一起，过着成天提心吊胆的日子。这当然会在文尚的心灵上留下沉重的阴影。在这当口上，他们家的经济也越来越拮据。他们家人也不少，有奶奶、妹妹，后来又添了个弟弟。母亲虽写得一手好字，但当时谁还有闲心闲钱去欣赏艺术，而要想找到一份工作，真比登天还难。

六口之家，没一点进项，只靠变卖东西度日，其艰难窘困可以想见。文尚是个咬碎了牙齿和血吞的硬气男子汉，从来不搞乞哀告怜那等事。他在二中求学期间，宁可经常不吃午饭，饿着肚子，好为家里省点钱，也决不跟亲友开口借一分钱。他的嘴巴很紧，即使是在我们这些娃娃朋友面前，也连一丝口风都不露，我们都是在1949年以后才知道他好长时间中午不吃饭的事。只要他星期天回来，我们就去他家找他玩。我们只能偶尔见到尚伯母，她老人家给我印象最深的是，穿一件月白色的长衫，急匆匆地出去，或者急匆匆地赶回，脸上写满了疲惫和忧愁。我们也是后来才知道，尚伯母是在四处求告、借债，好撑起这个风雨飘摇的家。文尚无限感慨地对我们说，他就是那个时候，真正懂得了什么是饿饭的滋味。

其实我的家比文尚、鸿钧的家也好不到哪里去。父亲坐在牢里，担心这一大家人怎么活，可他已身陷囹圄，只能干着急。母亲没有任何生财之道，只有靠变卖古玩字画、值钱衣物换点钱。幸亏二爹成家以后，为了减轻母亲的负担，接走了胖奶奶和三爹，有时还接济我们一点生活费；幸亏娘的哥哥陈祖咏舅舅从昆明回汉，在江汉路开了一家精益眼镜公司，把外公、外婆从苏州接来武汉，两位老人家看见我们日子过得那么紧，总给我们捎来一些好吃的东西，在金钱上也帮补我们一些；幸亏寄放在旧书店的那些旧书；幸亏寄放在旧货店的那些旧家具；幸亏那一大筐电影放映机的零件；幸亏母亲有瞒着父亲攒一点私房钱的习惯，就是靠卖这卖那，靠各种渠道的一点点收入，母亲为我创造了一个用不着我操一点心的学习环境。比起文尚、鸿钧来，我是非常幸运、也非常幸福的。我至少没尝过饿饭的滋味，没尝过为了借一点钱向人作揖磕头的那种屈辱，我甚至从来没听过母亲的一句诉苦和抱怨。这种得来非常不易的学习条件，是直到我辍学参加工作以后，才真正懂得珍惜，才知道我的父母为之付出了多少辛劳和心血，我对我平凡而又不平凡的父母，对跟我们一起生活了整整十年的娘，对曾经在我们最困难的时候给过我们援手的亲友，一直心存感激。

我每天总是快快活活地去上学，快快活活地赶回家，在这样好的无忧无虑的条件下，学习真的上了路。我的作文常常能得到语文老师的热情称赞和鼓励，英语曾多次得到三年前没收过我的《镜花缘》的金为连老师的赞扬。金为连老师早已记不得他那件夺人之好的往事了，我也不好意思再旧事重提。金老师的英语教得很好，对学生的要求也很严。这么一个高水平的英语老师，在武汉沦陷时期却只能教那种无聊的课程“修身”，只能做训导员那种被学生唾骂的工作，我真为金老师有那么一段不甚光彩的历史感到惋惜。每次金老师教我们一段课文，我都能当堂背熟。班上的同学开始不相信我有这样好的记忆力，一下课就把我围起来，要我背给他们听。我一点儿也不怯场，非常自信地一字不落地背下来，并且屡试不爽，赢得了同学们的肯定和艳羡。我对数学更是喜欢到了痴迷的程度，常常大半个晚上、一整个星期天，别的事都不做，只关起门来解题，解得废寝忘餐，茶饭无心，当然还没有痴迷到把好友抛在脑后的程度。只要手头的数学题不太多，哪个同学来一叫，我一定马上跟他一起跑。

一般朋友来叫我都是邀我一起看电影，武昌的电影院放映的多是很旧的片子，像什么袁美云主演的《化身姑娘》，周曼华主演的《红杏出墙记》，陈云裳主演的《梅龙镇》。这些旧影片已不再能吸引我，这时我最喜欢看的是美国影片，像伊丽莎白·泰勒主演的《玉女神驹》，英格丽·褒曼主演的《圣玛丽亚的钟声》，裴蒂·黛维丝主演的《一千零一夜》，叶风黛卡洛主演的《莎乐美》，玛丽蒙丹主演的《阿利（里）巴巴与四十大盗》等，这些电影在我的眼前展现了一个多姿多彩、五色斑斓的新世界。有些电影我是和汉池、文尚、鸿钧一起看的，有些是和正国、正瑛、英子一起看的。只要知道汉口有新电影放映，我们宁可下午不上课，也要赶到汉口去看，有时还一天赶两场、三场电影，兴致可高、劲头可大了。

我们这些影迷都有各自崇拜的明星和最喜欢的电影。我至今最难忘的是这四部：《豆蔻年华》写两个中学男同学纯真的友谊；《一曲难忘》写肖邦对祖国波兰无限热爱的感情；琼芳登和里根联合主演的《金石盟》，写男女之间的真挚爱情；《居里夫人》写诺贝尔奖获得者居里夫人的科学成就以及她和她的丈夫居里的崇高品格。中国影片也有让我们非常着迷的，比如《八千里路云和月》《一江春水向东流》《万家灯火》《希望在人间》，还有当时恨不能先睹为快、现在希望能有再看一次机会的周璇、冯喆主演的《忆江南》。

我对沦陷时期的影星仍然有着无法言说的感情，很注意他们的行踪。当时依然活跃在银幕上的有主演《不了情》的陈燕燕，主演《天字第一号》的欧阳莎菲，主演《芦花翻白燕子飞》的龚秋霞，主演《假凤虚凰》的李丽华和石挥，主演《青青河边草》的王丹凤等。还有一位像一道耀眼的白光划过银色天幕的女星，必须在这里多说两句，她就是在沦陷时期崭露头角，在抗战胜利后大红大紫起来的白光。她主演的《悬崖勒马》一经上演，马上轰动全国。白光在影片中扮演一个阴险、邪恶、引诱青年犯罪的交际花。她时而是披肩长发，时而把全部头发梳成高高的髻；一袭丝绸旗袍长可及地，穿一双全高跟的皮鞋，更衬出袅袅婷婷的身材。她的食指和中指中间，姿势优美地夹着一支烟，眼睛微微眯着，在乐队的伴奏下，用她那带磁性的女中音唱了一曲《相见不恨晚》：

天荒地寒，世情冷暖，我受不住这寂寞孤单。走遍人间，历尽苦难，要寻访你做我的旅伴。你和我第一次相逢，我和你第一次见面。相见恨晚，是不是相见恨晚？人生苦短，世道艰难，我们永远相依相伴。相见不恨晚，相见不恨晚！

这是中国银幕上从未出现过的形象。虽嫌其放荡妖媚，但又不能不承认这一形象很美，是一朵“恶之花”。白光的歌确实唱得很好，她的歌不同于以往周璇唱的带有民歌风格的流行歌曲，更具有美国颇为流行的爵士乐的特点。总之她的演和唱，真像天空中闪过的一道电光，那样炫目，使人有耳目一新的感觉。紧接着她又主演了《十三号凶宅》《大劈棺》《红楼二尤》《人尽可夫》《柳浪闻莺》等，除中央电影院和明星电影院一直上映美国电影以外，其他的电影院几乎都在同时放映白光主演的电影，出现了“万人争相看白光”的从未有过的盛况。就在白光的影片重炮轰击影坛的时候，出现了一部别具一格的影片《母与子》，由影坛硬派小生张伐和演技派大腕卢碧云主演。这是一部内容和风格都很严肃的伦理片，写一个私生子和他的母亲悲欢离合的故事。纯武和文尚一连看了好几遍，每看必流泪。正国、正瑛和汉池在纯武、文尚的影响下，也都看过此片。 我却不知道怎么阴错阳差地没有看成，至今还恨恨不已。

与此同时，我慢慢地走进了那群学习和生活都非常刻苦的后方同学中间，和他们交上了朋友。在他们之中，论聪明，那就不能不提到何功谦。他对数理化的知识领悟得特别快，好像任何考题都难不倒他。他小小的个子，细细的眼睛透着聪慧，脸上总是那么轻松、从容的神情。论博学多识，那就不能不提到熊农山。他戴一副黑边深度近视眼镜，颇有学者风度。他不仅数理化学得好，文史哲方面的知识也很丰富。听他谈话，你就会感受到他是个很有修养又有点少年老成的真正读书人。论刻苦谦和，那就不能不提到数学科代表严士健。他的脸上总漾着微笑，好像学习、特别是数学学习是他人生最大的乐趣。他是班上的解题大王，经他解过的题不计其数。他对人极诚恳，那双善良的眼睛能把他周围的人都吸引到他身边来，我就曾多次请教过他。

论清高孤傲，特立独行，那就不能不提到欧阳圭。他坐在教室最右边一行的第三个座位。他个子高而瘦，两边的长头发整整齐齐、光光溜溜地向后脑袋梳去，不知涂了什么发蜡，把头包得紧紧的，真个一丝不乱。这种发型不独在省高绝无仅有，就是在武昌也算得上独一无二，因此格外引人注目。他是从后方回来的，但他从来不理他的同类。对于我们这些沦陷区来的学生，更是不屑一顾。他进教室的时候，总是高高地昂起头，紧抿着嘴唇，眼光冷冷地扫视一下埋头学习的同学们，然后迈着大步走上座位。因其清高孤傲，大家也懒得理他，他成了独行侠。但是在“六一”惨案发生后，同学们讨论如何声援武大同学时，他发表了自己的见解。那逻辑性极强的推理，那用词的准确、生动，那雄辩滔滔的气势，一下子语惊四座，连熊农山老夫子都连忙摘下眼镜，擦干净镜片上的浮尘，仔细打量了一番这位“不鸣则已，一鸣惊人”的同窗怪杰。从此大家都对他刮目相看，印象日见其好。

论风度翩翩，那就不能不提到吴振亚。他在后方同学中真可算得“一枝独秀”。他有标准的好身材，一米七六的个子，宽宽的肩膀，什么衣服穿在他身上，都看着舒服。他有着当时男电影明星的发型，额头上故意垂着的那么一绺卷发，更为他增添了潇洒的风度。周正的脸上有一双浓浓的剑眉，剑眉下眼睛大而有神，鼻直而口略方，有棱有角，是一张至少可以打高分的脸。从他的着装看，他的家境富裕，但他身上又没有纨绔子弟的习气。他来我们班比一般人晚，坐在欧阳圭前边的座位上，举止彬彬有礼，和欧阳圭咄咄逼人的气势形成了鲜明的对比。他性格文静，不喜张扬，尽管每次考试成绩很好，他也只是仔细地看看试卷，然后平静地把试卷塞进抽屉里，埋头继续看他的书。他的座位其实离我很近，只隔一条走道，但我们基本很少——不，甚至可以说，从未交谈过。他总是那样落落寡合，不和任何人交往，我现在回想起他来，眼前便会出现他一个人穿着呢大衣，围着长围巾，沿着东厂口独自回家的身影。我隐隐约约感觉到，在他的内心一定深藏着某种不可对外人言说的悲哀。

有一件关于他和我的事，我必须做出真实而详细的描述。时间正好是“六一”惨案发生后，省高师生去珞珈山吊唁烈士、声援武大同学的那一天，因为前一天我和鸿钧已去过武大，所以我准备回家。振亚叫住了我，问我有没有空，他很想和我谈一谈。我当时感到很诧异，我们从来没有说过一句话，他会跟我谈什么呢。他的神情是那样恳切，一副害怕我会拒绝的样子，加上我本来对他的印象就很好，便欣然留下来了。我们来到住读生的宿舍，宿舍里的学生绝大部分都去了武大，没去的也都在教室自习，当时宿舍空无一人，倒是个谈心的清静去处。

我们坐在统铺的床沿上，他直视着我的眼睛很惋惜地说："周牧，别看我没跟你说过话，其实我一直很想和你交个知心的朋友。以前我看见你周围有那么多老同学，我没有机会向你提出来，我真的相信，如果有时间，我们一定会成为知己。现在我就要转学到别的地方去了，就在这两天我们家就要搬走，我今天再不告诉你我藏在心里的想法，我会永远后悔的。不知道你看出来了没有，我很孤独，我真的很不快活，我的父母都不在了，我住在我叔父家。"说完，他低下了头，声音有点哽咽。听了他的这番发自内心的话，我的感情受到了很大的震动。我为他失去父母、孤身一人感到悲痛，也同样坚信，只要假以时日，我们一定会成为生死至交。但现在一切都晚了，他就要走了，而且走得那么急，我们的友谊刚刚开始，就同时宣告了它的结束，这真是太残酷了。

振亚没有告诉我他叔父的身份，也没有告诉我他要去的地方，更没有告诉我他为什么要走得那么急，我想这都是他的难言之隐，尽管出于关心，我也不能深问，但让我感到锥心痛惜的是“相识恨晚”，才相识就要分别，连想去送他一程都不可能，我们就只有这短短一个多小时相处的缘分。我们互相凝视着对方，长时间相对无语，无限的悔，无限的惜，都在默默无言中，都在两只手紧紧的相握中，表达罄尽。真的，自从那次分手以后，“五十年生死两茫茫”，不知我那位才相识便相别的至友吴振亚身体还健康否？家庭生活还幸福否？我们在有生之年还能重逢否？请在遥远的异地他乡的振亚，接受一直铭记着你的老友的真挚的祝福吧。

在后方回来的同学中，还有几个人我也永远难以忘怀。坐在我前边的闻镇东是个高大英俊的小伙子。他听课的神情极为专注，一双大眼睛一眨也不眨地盯着老师，恨不得把老师讲的内容全部吞进肚子里，那种专注会使所有的任课老师感动。他还是我们班唯一喜欢运动的男孩。运动以后他有痛痛快快洗个冷水澡的习惯，即使是大雪纷飞、北风刺骨的严冬，他也照样坚持，同学们都很佩服他的毅力。坐在我后边的同学叫张善钧。他又瘦又高，皮肤白得有点病态，偏又戴一副很宽的黑边眼镜，黑白两色形成强烈对比，越发显出他脸色的苍白，他本来就是一张瘦瘦的尖脸，眼镜占去了一大块位置，只剩下瘦削的双颊和小而尖的鼻子可以供人观赏了。他使人最难忘的是镜片后那一双喜欢沉思、极其聪慧、又黑又亮的眼睛。他的性格极内向，从不和人主动交谈，但他和我倒很谈得来。我第一次听说张培刚教授严于治学的事，就是他告诉我的。他很敬佩他这位叔父，立志要做一个在学术上有建树的人。

要说真正闯进了我们沦陷区学生圈子的人，那就是叶权书。他那张典型的四方脸上长着一双浓眉，戴着度数很高的黑边眼镜，小小年纪已经长出了络腮胡，个子矮矮敦敦的，显得很粗壮。他说话喜欢直来直去，不会绕弯子，给人的印象是又朴实又直率。他的各科成绩都很优秀，文理科都感兴趣。他第一次考取的专业是北大历史系，第二年考取的专业是清华物理系，从这件事就可以看出他文理科扎实的知识基础。我们走进彼此的生活是从互相借书开始的。他很想看狄更斯的原文版《奥列佛尔·退斯特》，我很想看他的英译本《唐 · 吉诃德》，由借书我们很自然地走进了彼此的家。

他的家就在省高后边一条很僻静的小街上。父亲是湖北省高等法院的法官，已年近八旬，身体很衰弱，很少和我们讲话。他的妈妈精精瘦瘦的个子，精力却特别旺盛，是个从不知道累的老太太，嘴巴尤其利索，有问不完的问题。权书有个小妹妹，叫叶宗书，腿有点瘸，也在省一女中学习。她总是躲着他哥哥的朋友，我们连她说话是什么声音都没听见过。权书不仅会学习，而且二胡也拉得很好，没人教他，他却能无师自通。我最喜欢听他拉《良宵》《病中吟》和《光明行》。慢慢地，他也和文尚、汉池熟识起来。他喜欢文尚，是因为文尚人情练达，待人真诚，处人处事总那么得体；喜欢汉池，是因为汉池在我们同学中书读得最多，文章写得最好，见解最为新颖。权书后来还认识了纯武，他们也成了莫逆之交。我们之间这种亲密的友谊关系一直保持了几十年。

这个时候的杨汉池总有些迥异于其他人的表现。他从不激动，说话轻言细语，幽默风趣，比如有一次，大家说好了去文尚家玩，偏偏袁昌仪和马鸿钧改变了主意，说要去办别的事，汉池就指着他们俩说："你们真是心猿（袁）意马啊。"大家想一想，都会意地笑了。还有一次，我情不自禁地炫耀我解题解得如何快，汉池在一旁小声说："我早说过，周牧这个人是慧外秀（锈）中。"我听懂了汉池含蓄而尖锐的批评，以后我那喜欢表现的毛病，还真的收敛了几分。

汉池有个大箱子，里面装满了他珍爱的书，平时锁得紧紧的，从不轻易示人，更不轻易借人。有些他最爱的书，还用牛皮纸包了封面。这里边有很多我当时根本不感兴趣、也看不懂的哲学著作和弗洛伊德写的书。箱子里的文学作品也不少，其中就有张爱玲的《传奇》。他很欣赏张爱玲的才情，也喜欢她独具一格的文笔，我在沦陷期时就已是张迷，为此我把汉池引为同好。我和汉池在省高同学三年，其间还有那么一段师生情缘，应该说感情是相当深的了，他却只借给过我一本《邓肯自传》，他爱书就爱到了这样吝啬的程度。他还秘藏着一本奇书《查泰莱夫人的情人》，被鸿钧发现了，不管同学们怎么磨破了嘴皮，他就是坚决不借，我们气得大骂他："你简直是个好书占有狂！"这也是为什么纯武和文尚常常语带机锋地敲打他的原因。

汉池是教语文的陈老师的得意门生。陈老师常常在班里摇头晃脑地念汉池的作文，念到写得精彩的段落，更是击桌赞赏，还要用镜片后的眼睛扫视一下全班，看我们是不是真能心领神会。现在想起来，那时的汉池的确要比班上只埋头读书、从不过问政治的同学，思想激进得多，眼界开阔得多。在这一点上，我们小圈子里的人都自愧不如，对他心服口服。他还有个特长：口哨吹得特别好。我从没听他唱过歌，但他能用口哨吹出那些歌来。他一度也对京剧很感兴趣，特地借去了孙有志的唱机和唱片。他以前可以说是京剧的门外汉，谁知听了几天以后，竟能吹梅兰芳的《太真外传》，而且吹得清脆悦耳，极具京剧的神韵。这么个嗜书成癖的书呆子，也有他心仪的明星——陈云裳，他家里的玻璃板下嵌着一张陈云裳的照片。但自从看了董天野画的“云裳已作汤婆子，丹凤何时始朝阳”这张漫画以后，他悄悄地撤下了陈云裳的玉照，夹进书里，又锁进了箱子里，从此云裳仙子便深深地埋进了汉池的记忆之中。

不久我们又发现了汉池的一个秘密，他常常悄悄地一个人溜到陈老师家，一待便是半个小时到一个小时。我们问他去陈老师家做什么，他总是笑而不答，或者“王顾左右而言他”，真是大大的“狡猾”。他和我们在一起的时间少了，和陈老师的儿子陈清直在一起的时间明显增多。我们隐隐约约能猜到一点点其中的意思，但我们又很快否认了自己的想法：像汉池这样过惯了养尊处优生活的独儿子，能坚决地义无反顾地迈出这人生的重大一步吗？

在叔外公、母亲和二姨的张罗下，舅舅也很顺利地成了家，结束了寄“亲”篱下的漂泊生活。舅妈柯亨家是个小学老师，脸色白里透红，身材修长秀美，举止落落大方，待人热情谦和，舅舅对这次婚姻非常满意。他们的新房在六渡桥附近的一条小巷子里。一天放学以后，我特意去拜见小舅妈，她正陪着舅舅的同事玩麻将，舅舅则坐在她的一侧，帮她出谋划策。新婚小两口商商量量、卿卿我我的样子，一看就知道他们还沉浸在新婚燕尔的幸福里。这是舅舅这三四年来最欢乐最畅快的日子，他总算有了自己的家，能吃上妻子为自己下厨做的饭菜，晚上回家再不是形单影只，会有人在灯下等着，给他送来热毛巾、热茶。我常常看见舅舅在笑，那是发自内心的幸福的笑，我为我敬爱的舅舅能有这样一个美满和谐的家感到由衷的高兴，也为他和舅妈暗暗祝福。

母亲比以前更加忙碌，因为娘已经有几个月的身孕，厨房里的活，母亲必须多承担一些，同时还得给娘多做一些有营养的食品。母亲把方方面面的事都处理得很好，外人完全看不出来这是一个“牢里有犯人”的不幸家庭。

正国终于把他在一九四〇年六月十二日被日本飞机炸伤面部的经过讲给我和英子听了。这次轰炸给正国的面部和心灵都留下了终生无法抹去的伤痕。他为脸面的破相而自卑，并常常受到不知情且很无聊的人的窃笑。他不但因此失去了很多本应属于他的美好东西，而且在本已坎坷不平的人生道路上，又平添了更多的艰难。幸亏他生活在亲人的爱的氛围里，才始终没有放弃对明天和知识的追求，始终对生活充满憧憬和信心。他早就有对创面做一次修复手术的念头，回到武汉以后，这想法更坚决也更成熟，并得到了全家人的大力支持，于是正国满怀希望地住进了医院。

这时，我已在正国的催促、督导下，看完了《简·爱》。这确实是一部经得起时间考验的优秀古典小说，尤其是女主人公简·爱的人格美，是我以前读过的所有描写女性的作品中从未见过的。男主人公罗切斯特也是个可亲可敬可爱的人物。他为救疯妻，受伤毁容，双目失明，本已万念俱灰，决心隐居在破败荒凉的农庄，但他特立独行，不同流俗的人品，他对爱的真挚的渴望和热切的呼唤，终于赢得了他心爱的姑娘的芳心。读完《简·爱》，我懂得了正国为什么特别喜欢这本小说的原因。我衷心期盼并衷心祝福正国也能寻觅到那样一个温暖而宁静的感情归宿。

手术很顺利。在正国住院期间，我跑医院跑得很勤，深知他病中的寂寞是很难耐的，更何况正国缺的课一定要及时补上。我帮他复习英语，给他讲解三角，有时还给他送去母亲特地为他做的菜。正瑛也常常邀英子一起去看正国，纯武和升阳也是病房的常客，只要纯武一去，满病房都是纯武的说笑声。知道手术的最后结果的那一天终于到来了，主刀的医生把正国用车推到了手术室，我们都陪正国的妈妈在手术室门外，静静地等候。大家心里都很紧张，不知道这次手术带给正国的是实现希望的欢乐，还是失去希望的痛苦。两分钟的时间是漫长的，手术室的门开了，主刀医生请何伯母和我们进去。只见正国用一只手支着头，默默地坐在那里，眼里有泪痕。我们看得出来，他对这次手术的结果并不那么满意，显然没有达到他理想的要求。我们都知道，这时什么安慰的话对正国来说，都是多余、苍白无力的。我们帮他把东西都搬回了家，那天我们都一直陪着他。

一个晴朗的下午，放学后我和鸿钧沿着黄土坡朝家里走，刚经过善道女中门口，冯修道赶出来叫住了我："我找你找了好多时，不知道你的地址，真难找啊。今天可巧碰见

从左至右为何正国、吴纯武、周牧

了你，你们快跟我进来，我要给你一样东西。”我深感诧异，我和冯修道从来不说什么话，我们这位同胞以前对费修道和中国学生态度可凶了，我本能地对她很反感。冯修道好像已猜到了我的心思：“我知道你很讨厌我那张刀子嘴，可你不知道我还是豆腐心呢。自从费修道病重以后，我日夜守在她身边。我今天是帮助她完成她最后一个心愿。”

冯修道那两道像刀子一样锋利的眼光射到我的脸上：“你的费奶奶在病床上拖了半年，还是去了天国，临走的那天晚上，她把《一千零一夜》放在我的手里，要我无论如何找到你，把书还给你，说完就断了气。”冯修道声音有些哽咽，她忙转过身去擦了擦镜片后的眼睛，然后进房间拿出来《一千零一夜》：“好好保存着，你的费奶奶可惜还剩下三分之一没看完呢。看见这本书，你就会想起那位好心的费奶奶。”

我对冯修道的印象突然来了个一百八十度的大转弯，对她深深鞠了一躬：“谢谢您！”冯修道又急急地说：“你不是很喜欢学英文吗，最近善道女中来了一位美国神父，他可以免费辅导你。如果你愿意，随便哪一天，我带你去见他。”我连忙又深深鞠了一躬。

在回家的路上，我一直不说话，脑子里不停地叠印着费修道教课、聊天的画面，特别是她发自内心的爽朗的笑，她是一位多么善良、多么慈祥的天使啊！临去天国之前，还心心念念要把《一千零一夜》还给她的中国孙子，这种守信的美德，我会记住一辈子。鸿钧理解我此时的心情，他默默地推着自行车，一直把我送回家。这本《一千零一夜》我保存了二十年，但在“文革”那场大风暴中，我还是没能留住它。

从高二下升到高三上，是省高的老师死死把住的关口，这已是公开的秘密了。高二下期末考试的考题突然大大增加难度，就能考倒一大片考生，这样该勒令退学的勒令退学，该留级的留级，就能保证高三年级百分之百的升学率。省高领导好像特别重视我们这一班，希望我们能为从后方迁回武汉以后的省高打响这头一炮。全班同学都投入了紧张异常的备考学习，大家都知道这次考得好不好，将决定我们明年暑假能否有资格参加大学入学考试，决不能掉以轻心。只有汉池表现得那么悠闲、镇定，全然没把这次过关考试放在心上。

就在我为备考备得昏天黑地的一天晚上十二点以后，我倒床便睡，刚刚“香梦沉酣”，忽然听见母亲在急急地敲我的房门。我一骨碌坐起来，问母亲有什么事。“娘要生了，黑更半夜的，没法上医院，只有去请长街上的收生婆了。你快穿好衣服跑一趟，我现在要去厨房烧水。”我披上衣服就往外跑，这时是深夜一两点，十字街、保安街都没碰见一个人，出了望山门，到了长街，才看见一两个人影。我一口气跑过了水陆街，找到了挂着牌子的收生婆的住所，一迭连声地敲门、喊人。收生婆拎着一个小皮箱出来，只问：“你家在哪儿？远不远？”便跟着我朝十字街跑去。街上只有收生婆和我的急促的脚步声和喘息声，黑夜中我也看不清收生婆是什么模样，但我对她的印象很好。她知道现在的每一分钟都和两条性命相关，所以她从不提出要停下来歇口气。这一路小跑对一个四十来岁的女人来说该是多不容易啊！

家门大开着，母亲已做好一切准备，娘的房间里多点了两盏煤油灯，英子坐在娘的床旁边，准备随时帮一把手。母亲对我说：“你去睡吧，这里没你的事了。”早上五点我去找母亲，母亲正在厨房给娘下红糖鸡蛋面，满脸喜色地告诉我：“你又有个小弟弟了，母子都平安，真得好好谢谢那位收生婆。”母亲端着红糖鸡蛋面朝娘的房里走去：“想不想来看看这个小弟弟？你爸爸知道又添了个儿子，不定多高兴啊。”小弟弟睡在娘的被子里，只露出了一张红红的满是皱纹的脸，油灯下娘的脸上溢满了幸福的笑。

高二下的期末考试，真是一道“老师当关，学生难开”的极严的关口。学校仍然是按梅花形排座位，幸运的是我的座位正好在窗子的旁边。语文、英文、史地、理化我都考得很顺手，我预感到数学将是我最难最难的一关。虽然我的数学已学得很不错了，但是陈化贞老师要想考倒我们，那还不是易如反掌的事。果然不出所料，数学试卷难度特别大，我一题一题地解，虽遇到一些难点，但最终还是解开了。只有最后一道题，解到最后一步时，我好像陆逊进了诸葛亮布下的八卦阵一样，再也找不到出路。我不停地抓耳挠腮，还是如坠五里雾中。陈化贞老师的侄子陈进之已准备交卷，他从座位上站起来，关切地朝我这边望望；我连忙用手势告诉他，最后一题我遇到了麻烦。他便匆匆地交了卷，出了教室。我猜不透他看懂了我的手势没有，要是他没看懂，或者窗外有监考老师巡视，这最重要的一题，我就会丢很多分。

我正在暗自着急，忽然听见窗玻璃上有沙砾敲击的声音。我向窗外一看，救星来了，真是陈进之，他手里晃动着一张小纸条，另一只手指了指教室里来回走动的监考最严的金为连老师，意思是说，要想办法躲过金老师那双“火眼金睛”。我又是好一阵着急。老话真说得有道理，“急中生智”，一眨眼的工夫，我便“计上心来”，我先极恭敬地向金老师举了一下手，表示我有问题要问，金老师快步走到我跟前，我忙把试卷拿到金老师眼皮前边，更恭敬地问：“如果我答题写不下，可不可以写在这个空出来的地方？”金老师对我的毕恭毕敬很满意，略一沉吟，爽快地说：“我认为没问题。”陈进之就利用我拿试卷挡住金老师视线的那短暂的一会儿，把“夹带”抛到了我的脚下。

等金老师一走开，我弯腰拾起“夹带”，展开一看，恍然大悟，原来陈老师在解题的最后一步上，故布疑阵，设下了一个陷阱，使人们容易沿着一个错误的思路去思考，把人引入歧途，最后无法解开这道题。陈进之只抄给了我破这一疑阵的公式，我马上心领神会，势如破竹般地攻破疑阵，拿下了这道题。这是我平生第一次也是最后一次考试作弊，我利用老师对我的信任欺骗了他们，我一直深感愧疚，也一直深深自责。高二下的考试我就这样不算太光彩地通过了。可是不会作弊的汉池、鸿钧、昌仪都留了级，我一点也高兴不起来。

省高是男校，男生又多是书呆子，要想在省高组织文艺晚会，那真是很难的事。但一向只抓学习的校长萧济时不知怎么，忽发奇想，硬要搞一次文艺演出，以丰富学生的学习生活。他要求每个班至少要出一个节目。纯武、正国那个班的学生在省高最活跃，尤其是多才多艺的欧阳青更是很出色的文艺积极分子，加上能歌善演的纯武，他们决定排出两三个节目，来个技压群芳，一举夺冠。我们班可就惨了，推举谁，谁就会找出各种托词，最后选中了我，因为我在课间休息的时候，常常喜欢唱两嗓子。同时还挑选了另一个我完全没有想到的人：何功谦。住读生都说他老生唱得很见功夫，尤以言派戏唱得很有韵味。我们商量以后决定唱《贺后骂殿》，我唱贺后，何功谦唱赵匡义。

我们的曲目一经决定，谁知竟吸引来了这样一位京剧迷：四大“金刚”之一的王延伦老师，他酷爱京剧，京胡拉得很好，平时总找不到展露才艺的机会，这次听说我们唱《贺后骂殿》，里边全是大段二黄唱腔，他喜滋滋地毛遂自荐，一定要为我们操琴。这当然是功谦和我求之不得的事。王延伦老师高而且瘦，脸色焦黄，穿的衣服也很邋遢，和陈化贞老师整洁的衣着形成强烈、鲜明的对比。他的房间好像从来没有收拾过，既脏且乱，我去他的房间请他操琴练唱，他连找一把干净凳子让我坐都找不到，只好让我坐在他的同样既脏且乱的床上。像个孩子似的讪讪地笑着说："工作太忙，没时间收拾，让你见笑了。"他在膝盖上铺了一块脏兮兮的毛巾，便拉起过门来。他的指法是那样娴熟，胡琴的音色是那样好听，有志的琴技和王老师比起来，还真差一点火候。我们先练唱了《贺后骂殿》中的二黄导板转回龙，接着又练了二黄慢板和二黄快三眼，王老师好像兴致很高，问我还会唱什么段子，我说了几出，他立即要我唱《坐宫》中的西皮慢板"四猜"，我们同样合作得很好。他高兴地笑着说："真过瘾，我差不多有一两年没摸过胡琴了，你唱得很有味，嗓音又很清亮，好好练，将来说不定能唱成个名票。欢迎你常到我房间来喊喊嗓子。"

正式演出的那天，从清早起我就紧张，先去后院吊了一下嗓子，还好高低音唱起来都很自如。这一天听课也没心思。早早地吃完晚饭，又去后院，把全部唱词温习了一遍，自我感觉仍然良好，便有了几分信心。鸿钧也来到后院，鼓励我说："我还没进你们家的门，就听见你在骂赵匡义了，还是留到台上去骂吧。”一路上鸿钧不停地给我打气，当我们路过紫阳湖时，鸿钧见四下无人，便怂恿我再喊喊嗓子，我觉得我的嗓音比哪天都嘹亮清脆，于是满怀信心地和鸿钧一起走进了礼堂。礼堂里灯火辉煌，人声鼎沸，前面几排坐着老师，后边是学生。先到的有位子坐，后来的只有站着，省高自迁回武汉以来，还从来没有这样热闹过。大家都像过盛大的节日一样，有说有笑，心情特别愉快。功谦已给我留了个位子，他悄悄地对我说：“别紧张，我们的《贺后骂殿》一定能赢得满堂彩。你虽然骂我骂得那么凶，我还是很欣赏你的好嗓子。我对你很有信心！”我伸过手去，两个人的手紧紧地握在了一起。我们信任地互相看了一眼，便都默不出声地看别人的演出。

其实我什么也没看见，完全不知道前边演了一些什么节目，只觉得浑身燥热，可手脚还偏偏发凉。我清楚地听见主持人大声宣布：“下一个节目，高三一班的京剧清唱《贺后骂殿》，演唱者：何功谦、周牧，京胡伴奏：王延伦老师。”台下爆发出一阵又一阵热烈的掌声，那掌声使我的头脑立时冷静下来。我知道这掌声是冲王延伦老师和何功谦来的，省高的师生历来敬佩的是教得好的老师，学得好的学生，我在省高只是无名小卒一个。这次我走上台去，只能唱好，决不能唱砸，否则我一定会遭人讪笑。

站到了台上，我双眼一直看着礼堂上的横梁，背在身后的两手捏得紧紧的，耳朵什么也不想听，只想捕捉京胡拉出的过门，过门一停，我就唱出了第一句二黄倒板：“有贺后在金殿一声高骂。”原本很嘈杂的台下，一下子变得鸦雀无声，我猜同学们一定没想到，我竟有这么好的小嗓，偌大的一个礼堂，我的声音能一直送到最后一排，字字清晰地把唱词送进他们的耳里。趁王老师拉导板转回龙的过门时，我偷偷地看了看台下，老师们都听得那么入神，陈化贞老师还用两根指头敲打着“板眼”，好像在给我们打锣鼓点。金为连老师则伸长着脖子，大张着嘴，好像已进入了微醺状态。唐名棣主任把头凑到校长萧济时耳边，一只手指着台上的我好像在说我什么。至于同学们差不多都是同一姿势，仰着脸，盯着台上的三个人和那把胡琴。

此刻我心如止水，知道自己已进入了最佳演唱状态，我接着唱回龙和二黄慢板：“骂一声无道君细听根牙，老王爷为江山何曾卸甲，老王爷为社稷奔走天涯。”台下依然是那么静，一个同学送上来一杯水，这正是当时我非常需要的，因为下边的二黄快三眼有大段唱词，要一口气唱完，唱之前能喝一口水润润喉，效果一定会更好。心里这么一盘算好，等“天涯”的“涯”字一落音，我就赶快去拿那杯水，痛痛快快地喝了几口，谁知道这时台下爆发出了经久不息的极其热烈的掌声，老师们和同学们一定以为我已唱完，所以掌声四起，奖励我今天唱出了高水平。没等掌声落下，我便开始大骂起“昏君”来，特别是四个“贼好比”和三个“只骂得”，真唱得义正词严，铿锵有力，一句紧逼一句，没有一点间隙，骂得淋漓痛快，骂得酣畅解气，等我一骂完，台下响起了更加热烈的掌声，我一下子成了全校皆知的有名人物——京剧唱得还不错，学习却很一般的学生。被骂的“昏君”何功谦在胡琴的伴奏声中，不断地解释、劝慰、许诺，终于消了贺后的怨气，也终于赢得了省高同学的赞许。我和功谦下台时，又一次紧紧地握了握手，互相庆贺演出成功。

晚会的高潮是欧阳青和吴纯武这两位艺术大师掀起的。他们编了一个揭露国民党黑暗统治罪行的小歌剧。吴纯武包着花头巾扮演农村的中年妇女，欧阳青则扮演吴纯武的丈夫。他们有意把当时最流行的《古怪歌》穿插其间。由于两位艺术大师高超的演技和精彩的演唱，特别是这个节目能针砭时弊，矛头直指国民党反动统治，说出了广大人民想说而又不敢说的话，礼堂里不时爆发出一阵阵笑声和掌声。台上的演出引起了台下观众的共鸣，收到了极好的演出效果。晚会成功结束，那一晚我没回家，我要和表演艺术家吴纯武同榻而眠。我们兴奋得谈个没完，我失眠了。后来纯武告诉我，他们班很多同学都想结识我，都被纯武三言两语给挡了回去。

父亲终于刑满出狱了，是母亲和我去监狱把父亲接出来的。我陪父亲去理发店理了发，又去澡堂洗了澡，洗去了晦气。等父亲到家的时候，胖奶奶、南无奶奶、二爹、二妈、三爹、二姨爹、二姨妈、小舅舅、小舅妈都在门口等候，连福善堂的“三仙”也赶来了。父亲在鞭炮声和亲友们的祝贺、问候声中，走进了我们新搬的家。他眼里盈满了泪水，拱手向亲友连连致谢。他先去看了刚出生不久的小儿子，发现这个小儿子皮肤较黑，便脱口叫了一声“小黑”，从此这个小名跟了小黑三十年。他又把英子、棣棣、珉珉、小珉都叫到旁边：“都长大了，都长大了。”说着，流下了泪。

母亲开出了两桌饭，庆贺父亲结束了牢狱之灾和全家人的团聚，也借以感谢亲友们自父亲身陷囹圄以后对我们家的帮助和关心。打从父亲回家那天起，家里几乎天天有客人来看望他，到冬月二十八日，父亲四十岁寿诞，更是达到了高潮。光打麻将的就有四桌。父亲还请来了一个会操琴的朋友，我真像开了一个京剧晚会，一个晚上都由我一个人清唱，我唱了《女起解》《三堂会审》《坐宫》等全部唱段，真的好好地过了一把瘾。这是我有生以来第一次在我们家里看到的最热闹、最喜庆的场面。

祝寿的宴席刚一撤去，父亲就到处求亲告友，寻找工作。每天晚上，父亲都是疲惫不堪地失望而归。他不要我过问家里的事，希望我在高三这一年千万不要学习分心，家里的困难大人自会解决。他除了见到了我的老朋友汉池、文尚、鸿钧、纯武和有志以外，还见到了正国、正瑛，他很喜欢这一对天性特别善良的兄妹，为英子和我能结识到这样的好友高兴。

鸿钧、文尚家的生活更加困难了，常常发生“断顿”的事。一天中午，我一个人去了鸿钧的家，想问他上午为什么没有去上课。只见他一个人坐在他的房间里，低垂着头，眼睛红红的。房间里没听见马伯母说话的大嗓门，我猜想她老人家一定是出去了。我坐在鸿钧身边，轻声问：“你今天为什么没去邀我一起上学？”他把身子转了过去，背对着我，没吭气。我又问了两遍。他突然转过身来，涨红着脸，大声吼着：“你老盯着问，叫人烦不烦？我求你了，快去上你的学。”我从没见过好脾气的鸿钧发过这么大的火，我猜想，这可能是他故意装的，我又说了一句：“我不上学，我偏要问个明白。”他噌地一下站了起来，两只手齐上，把我往门外推：“出去，快出去！”就只差没说“滚出去”。我固执地抱住木门框：“你不说出原因，我不放心。”这是我的真心话，我想鸿钧今天这种反常的举动，其中必有原因，他肯定遇到了很大的麻烦，或者家里出了很大的事，作为好朋友，我怎么能这个时候走开？我打定主意，不管他用什么方法激我，故意气我，甚至狠狠推我，我都决不走。我知道，他是怕我为他着急，怕我高三学习分心，也不愿意给我添麻烦，才有这种反常的行为。既懂得了他的心意，我便更不应该走。

我恳求他：“快告诉我家里出了什么事？为什么马伯母和你的弟弟、妹妹都不在家？”他听我这么一问，坐下来，双手抱住头，放声大哭起来。哭了好一会儿才说：“我妈妈要把弟弟鸿骏送到孤儿院，要把最小的妹妹送人。我是这个家的大儿子，却没有一点办法帮我妈妈、帮我的弟弟和妹妹。家里这么困难，全家人早上都没吃饭，我还上什么学？”鸿钧说出的家里的困难使我又吃惊又惭愧，我们天天在一起，我却从来没问过他，这一大家子人日子是怎么过的？我更从来没帮过他一点忙，看来他们家已到了山穷水尽的地步，我现在能帮他点什么呢？我的脑子飞快地转着，我想找母亲和有志。我只说了一句“请等等我”，便快步跑回家，把刚听说的一切都告诉了母亲，母亲当即要我把大半袋米和一点钱送给鸿钧。我又跑到有志家，有志说：“我们既要帮他解燃眉之急，还要帮他想出长远之计。”我问有志长远之计是什么，有志说：“做生意，说具体点，跑单帮，我的一个表姑爹跑单帮很是赚了点钱。”我认为有志的主意很好，便一起去了鸿钧家，马伯母已经回来了，正坐在房内流眼泪。我把我带来的米和一点钱硬塞给了鸿钧，有志把他的想法告诉了马伯母，并说他可以帮鸿钧筹跑单帮的钱。我也跑过来告诉马伯母：“鸿钧跑单帮缺的课，我负责给他补，决不会影响他的学业。”马伯母的眉头才舒展了一点。

鸿钧真的开始跑单帮了。他跟有志的亲戚一起跑过，后来跟尚伯伯、文尚也一起跑过。他是个很有骨气的硬汉子，借的有志和亲友的钱，都陆续还清了。最小的妹妹没有送人，为了减轻家里的负担，鸿骏还是住进了孤儿院。一次，我在给鸿钧补课的时候，鸿钧笑着对我说："我真没想到，你竟是个撵都撵不走的人。"我也笑着回答："看把你美的，今天只要你对我吼一句'出去！'我就永远不进你家的门。小心点，我可不是那么好欺负的。"我们两个人都开心地笑了。

省高的领导对我们高三上一班的学习抓得非常紧，并决定期中考试试题要加大难度，争取再刷几个学习成绩不稳定的学生下去。给学生出难题是省高各科老师的拿手好戏，老师们闻风而动，刁题难题纷纷出笼。一场期中考试考下来，很多同学不是这一门便是那一门不及格，特别是数学课，全班三十来人，不及格的人数竟有二十多个。我还记得那天考试的情景，同学们一拿到考卷，前边几道题倒还解得比较顺手，越往后越解得慢，甚至半天都不能下笔。陈老师站在我的身边，看我解最后一道难题。我显得出奇地沉着和冷静，一步一步往下解，解到了最难的一步，我略一沉吟，终于找到了解这道题的诀窍。我继续做下去，用眼角的余光偷偷扫了一眼陈老师的脸，那里有一丝不易觉察出的欣慰的笑意。

我放心了，这一关我又闯过来了。

由于在这最关键的时刻，数学有那么多人不及格，有的同学很可能毕不了业，同学们把愤怒都发泄到了陈化贞老师的身上，由欧阳圭领头，决定对陈老师实施集体罢课。罢课的第一天，我们都躲在一个墙角落背后，要欣赏一下陈老师由惊到怒的神情变化。陈老师还是像惯常一样高昂着头，夹着一本教科书，自信地急匆匆地向教室走去。一走到教室门口，发现教室里空无一人，他吃惊地钉在了门旁，一脸的惊诧和不解，看看隔壁和对面的教室，都坐满了学生，那些班的老师已经开始了讲解。他马上明白了这是怎么一回事，苍黄的脸一下子因愤怒、痛苦而变得通红，那眼神里有伤心、失望，还有屈辱，只见他一转身，以更快的步子跑回教员休息室。那里只坐着两三位老师。他把教科书朝桌子上重重地一甩："竟有这样的学生！"说完一屁股坐在凳子上，只气得喘粗气。

这些我们都看得清清楚楚，我真觉得我们这样做，对陈老师太残酷、太过分了，他教我们的数学教得多好啊。一生能遇到这样的好老师，真是我们最大的幸事。我们不应该把矛头对准他，因为他只是奉命而行；我们倒是应该把矛头对准校领导，不是校领导的授意，陈老师不会跟同学过不去。我们这次罢他的课，对他的伤害真是太大了。当时不仅我一个人有这样的感受，我看了看其他同学的脸上的神情，他们的脸色都很凝重，连欧阳圭的眼里都流露出了愧悔之意。毕竟是纯洁的年轻人，心里都有一杆公平的秤。一般的人我们尚且不忍伤害，何况是我们敬重的恩师？

我们的罢课坚持了一周，那是我们深感痛苦的一周。我们失去了听课中那有如醍醐灌顶、豁然贯通的快感，看不见陈老师那整齐的、像镂刻出来的板书，久违了陈老师那一口亲切的枣阳乡音，失去了高三阶段那比金子更宝贵的时间。二十几个同学已不再是铁板一块，内部起了分化，我态度鲜明地站在了严士健这一边，我们的主张是：罢陈老师的课是个严重的错误，不能把这个错误再继续下去，必须向陈老师认错、道歉，把陈老师恭恭敬敬地请回教室。我们这一主张居然响应者众。幸好陈老师为了避嫌，早已在升高三前把他的儿子和侄儿转到了另一班，要不然这一对子侄该会多尴尬。欧阳圭也认识到了自己决策的错误，但他不愿做那“解铃还须系铃人”的人。于是我们公推陈老师的得意门生严士健去向陈老师认错，并向萧校长转达我们全班同学对学校领导的意见。萧校长真不愧为一个老教育家，他已看到了那一剂药下得太猛，激起了众怒，决定那次考试的成绩只作为参考，不作为升留级的根据，并指示下周一陈老师上课前，必须由严士健带几个同学去教员休息室恭请陈老师重登讲台。

星期一早晨，同学们怀着期待、渴盼、喜悦又有点忐忑不安的心情，等候着严士健等人迎陈老师进教室。陈老师像众星捧月般在同学们的簇拥中走上了讲台。他的脸绷得很紧，没有一点笑意，显然余怒未息，这我们都能理解，谁叫我们伤害老师伤害得太深？我们甚至都做好了挨陈老师一顿痛骂的思想准备。谁知这位不懂“见好就收”的倔老头对我们说的第一句话是：“你们一定要告诉我，是谁发动、组织的这一次罢课？”

他那双燃烧着怒火的眼睛瞪得很大，锐利的目光扫过了教室里的每一张脸，我不敢和他的目光对接，低下头，脸上堆起一脸认错的神情，希望他能息怒，自己转弯。看来陈老师的词典里压根儿就没有“圆通”这两个字，他又继续正颜厉色地追问了一遍，班上一片死寂，绝大多数同学都低下了头，可能只有欧阳圭仍然保持着他那昂首挺胸的姿势。陈老师暴怒了，他大步走到严士健跟前，一把把严士健从座位上拽了起来，声色俱厉地吼道：“我要你告诉我，这次罢课是谁带的头？”严士健当然不能出卖同学，他眼睛直视着陈老师说：“是我。”欧阳圭马上也站了起来，说：“是我。”很多同学都齐刷刷地站起来：“是我。”陈老师把严士健的课桌重重一拍：“你们的课，我不上了。”说罢，把书一夹，气冲冲地跑出了教室。

接下来愤怒的是全班同学。欧阳圭大步走到讲台上，慷慨陈词：“陈老师今天未免逼人太甚。这次是我们不对，我们已向陈老师认了错，赔了礼，道了歉，保证以后永不再犯。作为一个老师，到这份儿上就应该原谅学生的错误，抓紧时间上课，把上周缺的课赶快补起来。可陈老师却宣布从此不上我们班的课，我们离考大学没有多少日子了，这不坑苦了我们？我们去找校长评评理，今天这事是谁不对？”严士健急忙拦住了欧阳圭：“别急，你先听我说，你刚才说的话我都同意，陈老师今天确实不冷静，可我们也不能不冷静。陈老师应该允许犯了错误的学生改正错误，我们学生也应该允许犯了急躁病的陈老师有时间克服急躁病。大家要是信得过我，就把这事交给我，我保证明天还给你们一个和以前一样的不发脾气的课讲得非常棒的陈老师。”大家都笑着同意了，相信严士健确有这等本事。

第二天上数学课前，同学们都静静地坐在教室里，上课铃刚响，陈化贞老师一如既往地夹着课本急匆匆地朝教室走来。他刚到门口，欧阳圭一声口令：“起立！欢迎陈老师！”同学们都“腾”地一下站得笔直，鼓掌欢迎陈老师，那掌声的热烈和经久不息，比我们唱完《贺后骂殿》，只有过之，而无不及，引得隔壁和对面教室的老师和同学都伸出头来看。掌声驱散了陈老师脸上的阴云，他终于笑了，笑得有几分羞涩，有几分腼腆，但十分真诚。

下课以后，我们围住严士健，问他是怎么劝说陈老师来上课的，严士健莞尔一笑：“我哪有那么大的神通，是萧校长的一番劝导起了作用。你们没注意到，昨天萧校长就紧跟在陈老师的后边，教室里发生的事，他都看见了。我去找萧校长的时候，陈老师也在那里，看样子，气已经消了，只是骂了我一句：‘好你个严士健，跟同学合伙来气我。’我顶了他一句：‘您不觉得您逼我太甚？难道您希望我是个出卖同学的人？’萧校长问陈老师，要不要明天我护送你去教室上课？陈老师连连摇手，说，我才不要你来送呢，说得好听是护送，其实是监视我。严士健，我也不要你来接我，班上发生这么大的事，你连一点口风都不露，还真像你的姓一样，你的嘴巴可真严啊。同学们，一天的乌云就这么散了。”欧阳圭大步走过来：“我真服了你了，你不但会解题，你还会解结，我这厢谢谢你了。”说罢，双手一拱，头一低，逗得同学们都哈哈大笑。这次罢课风波还是起了作用，我们班没有一个同学留级，而且增进了同学之间的关系，大家学习更加勤奋，也能互相帮助，以前那种“老死不相往来”的格局已被彻底打破。

父亲还是像从前一样，天天出去找工作，常常失望而归。只有一天，下着微雨，他下午五点钟就到了家，告诉我们他去武汉行辕找过好友萧作霖，萧作霖虽担任参谋长的要职，但因为父亲刚出狱，又有过汉奸的历史，不便安排工作。他资助了父亲一笔钱，要他去杭州笕桥投奔至交胡维克，胡维克当时是笕桥空军学校的校长。父亲好像看见了希望，他也急切地想见见这位已阔别十多年的好友，行期就在这个星期。他反复叮嘱了我很多话，因为心情好，一定要英子和我各唱一首歌，我唱的是《江南之恋》，英子好像唱的是《花样的年华》。父亲还要棣棣唱，棣棣居然唱了一段《送君》，那是我们家好长时间都没有过的一次欢乐的聚会。第三天，父亲背着行囊，背负着全家人的希望，也背负着对家人的牵挂，买船东下，去寻找一个其实是极渺茫的机会去了。

高三下学期，只上了一个多月课，便结束了高中的全部课程。学校要求本地学生一律回家复习备考。我告诉我的所有朋友，在我参加大学入学考试之前，一定不要来我家找我，我要潜下心来梳理一下我高中学过的所有知识。我也告诉母亲，家里来了任何人，都不要叫我出来见客，我要足不出户，闭门复习三个月。从表面来看，好像我很有自控能力，学习态度很刻苦、很顽强，其实这也正反映了我过去学的知识很不扎实，内里很虚，不得不临阵磨枪。同时也反映出了我学风的虚浮，形式上似乎很紧张，实际上有点装腔作势、装模作样。真亏我的好友，他们竟能容忍我这种虚张声势的做派。

我每天从早上六点复习到晚上十点半，中午略睡一会儿，每个小时都安排得紧紧的。因为我是考文科，必须死背史地方面的知识，棣棣成了我的好帮手。我每背熟十题，就把《考试大全》这本书递给他，让他看着书听我背，我背错了或者背忘了，他都能帮我纠正，给我提示。母亲看见才九岁的小弟弟竟能帮考大学的哥哥备考，高兴得不得了，总是笑眯眯地站在一旁，看这个小老师是怎么提问，怎么给我的回答以纠正和补充的。在这期间，我的好友不放心，来找过我，想知道我复习得怎么样，但是都被那位“麻面无情”的周伯母挡了驾。后来我的同学们笑称：“没想到你的家真的是‘周门深似海’啊，给我们吃了那么多碗闭门羹，什么时候请我们吃高中皇榜的琼林宴呢？”

我报考的是武汉大学哲学系，考场设在武汉大学内的体育馆，必须在考试前一天上珞珈山，而且要住在那儿。汪德卿帮我解决了住的问题。他的表哥洪贵生在武大读电机系三年级，我可以住在他的宿舍里。我上珞珈山的时候，只带了准考证和文具、洗漱用品，还带了两件换洗衣服。我故意不带书，决定这三天不摸书，充分放松，能考成什么样就什么样，所以第一晚我睡得很好，帐子里有几个蚊子也没把我咬醒。第一天上午考语文，下午考史地，题目都没有超出我复习的范围，我估计考分不会很低。第二天上午考数学，下午考英语，个别题很让我伤了一下脑筋，但最后总算解答了出来。一考完，我谢过了洪贵生，嘴里哼着曲子，“怎敌我归心更急，恨不得插翅飞翔”，高高兴兴地飞回了家。一家人，还有我的好朋友都在家里等着我，我把考试的情况如实地告诉了他们，他们都为我考得这么顺利高兴。母亲最后大声宣布："前一阵子让你们吃了不少碗闭门羹，那味道一定很难吃，今天周伯母要请你们吃她的拿手菜，大家快入席吧。"好朋友中只有正国和纯武没来，正国考的是武大医学系，纯武考的是武大农学系，我们的考场不在一起，我得第二天去问问他们的考试情况。

正国和纯武都考得不太理想，他们认为题出得比较偏，但他们有决心，即使这次没考上，来年一定再考。

父亲从美丽的西子湖畔匆匆忙忙赶回来了。当他从信中知道我考试自我感觉较好以后，再也不愿意滞留杭州，不顾好友的再三挽留，毅然买舟西上，一定要亲自问问我考试的情况。他也给我们描述了这次的杭城之行。胡维克很重情，抽空陪父亲游览了西湖和上海，还专门派车送父亲去游览浙江省的名城和名山。胡维克还在楼外楼邀请了他认识的杭城的名人雅士跟父亲见面，父亲在这次宴会上有幸认识了著名画家黄胄。黄胄当即泼墨挥毫，为父亲画了一幅画。画上一位豪兴甚浓的老者正抬头欣赏山上的景色，他骑的那头驴正低头辨路，老者和驴都画得形神兼备，栩栩如生。父亲很珍爱这幅画，不肯轻易示人。最后父亲很无奈地告诉我们胡维克确实对他非常真诚，也了解父亲为生活所逼，求职心切，他也考虑过，甚至还努力过，但只要一谈到抗战八年的这段历史，有关用人单位便婉言推辞，胡维克也不便过于坚持，所以他建议父亲另想别的门路，不要在政界、军界做徒劳无益的奔走。临别时，他给了父亲一笔钱，希望他好好培养儿女成人。父亲最后长叹一声说：“我再也不想让老朋友为难了，谁敢用一个历史上有污点的人呢。”尽管已感到前途无望，但他还是没有完全放弃。

这一时期省一女中的文娱活动开展得非常红火，常常举行文艺晚会。晚会的主要节目是歌舞。正瑛对在公共场合唱歌不太感兴趣，跳舞她更不擅长，所以她只能当个热心的观众，特别是当专为英子捧场的观众。英子很有跳民族舞的才能，那时她已学会了几个新疆舞，穿上新疆的民族服装，再把妆一化，伴以热情欢快的新疆乐曲，那舞蹈还真能给人以美感。她们的节目就缺个伴奏，我就尽义务给她们弹钢琴。其中有个节目是《大坂城的姑娘》，音乐很美，舞姿也很美，我伴奏了几次以后，也学会了怎么跳。一次，正国、正瑛来我家玩，他们硬要英子和我跳这个舞。我住的房间前边，有个很小很僻静的院子，反正没有别的人看见，跳得难看也没关系。正国和正瑛伴唱，我和英子按着节拍，生平第一次跳了新疆舞，当然赢得了何氏兄妹热烈的掌声。后来我当了小学教员，把这个舞教给我的学生，也成了很受欢迎的保留节目。

在省一女中演出的节目中，给我印象最深的是话剧《裙带风》，这是陈白尘写的讽刺名剧。真没想到，十六七岁的女中学生竟把那些争风吃醋的豪门贵妇演得入木三分。其中有句台词："这就叫，姓何的嫁给了姓郑的，郑何氏（正合适）啊。"我对这句话很欣赏，我第一次发现，歇后语用得好，居然能产生这样生动、这样深刻的表达效果。每次在省一女中排练完节目以后，我们总要到正国的房间坐坐，天南地北地瞎扯一通，正瑛也很喜欢参加这样的闲聊。她的性格温厚而又豪爽，不喜欢侃侃而谈，但喜欢静静地听我们漫无边际地聊天。偶然插言，却显得很有主见，比英子明显成熟。我还发现正瑛有每天记日记的好习惯，而且写得一手好钢笔字，笔姿极奔放、极洒脱，不像是出自闺阁少女之手。这一点也许是受了她父亲终生记日记的影响。我还发现，正瑛好读书，而且读的速度极快，像《飘》《安娜·卡列尼

何正国的妹妹何正瑛

娜》这样很厚的书，她能坐着不动，一天把它看完，还能复述出书中的主要情节和精彩片断。我还发现了一个很有趣的事，除了纯武、有志以外，我们几个好朋友都有妹妹，但哥哥的朋友几乎都不太和那些妹妹说话，那就更谈不上建立感情了。唯独我家和何家的兄妹不仅熟，而且相互间的关系非常好，这一奇特的现象，只能用“缘”这个字来做解释了。

一天，我听人说，武汉大学已经发了榜，榜就贴在省高隔壁的武大附属医院的布告栏里。我怕我没有考取，不敢惊动任何人，飞快地朝武大附属医院跑去。布告栏前早已围满了人。我拼命往里边挤，终于看到了很大一张白纸，上面清楚地印着各系录取新生的名单。我找到哲学系那一栏，武汉地区只录取了三个，我是第二名；再仔细地看了几遍，相信自己的眼睛确实没有看错，这才定下心来。再看看医学院和农学院新生录取名单，真的没有正国和纯武。我那刚才还高兴得发热的头脑像兜头泼了一盆冷水，不知道怎么面对我的好友，他们知道这个结果以后，一定非常难过。我决定今天不去打扰他们，明天再去他们家。这样一想好，我便以飞快的速度跑回了家，告诉了父亲、母亲、娘和邻居。

父亲的脸色一下子由“久阴”变“晴”，他笑得那么开心，朗声喊道：“长清，带我去看看榜，棣棣你也跟我们一起去。”父亲看榜的时候，嘴里不停地说：“不容易啊，不容易啊，你真的给我们家争了气。”我又看见了他眼里的泪光，他带着我们去了长街，一路上，絮絮叨叨地给我们讲着他的经历，说他最大的遗憾是没有正正规规地读一点书，也觉得很对不起自己的弟弟妹妹，没有帮他们读上大学，他最高兴的是周家终于出了一个国立大学的学生，他拍拍棣棣的头：“你也要像你哥哥一样考取像武大这样的好学校。”棣棣很乖地点了一下头。父亲带我们去长街是想给我买点东西作为考取大学的纪念，但因为家里实在太穷，他只给我买了两个黑面硬壳笔记本。这两个有特殊意义的笔记本，一本我用来写日记，一本用来记读书心得。我一直把它们保存到“文化大革命”，才被迫烧掉。我是含着眼泪，万般无奈地把一页一页的日记和心得烧成灰烬，但烧不掉的是父亲对儿女的一片爱心。

第二天，父亲要我去邀正国和纯武来我家玩，让他们散散心。他们没来我家，倒留住了我。他们早有思想准备，所以情绪很快就调整过来了。当天下午，我去省高看教过我的老师，才知道我们高三一班三十二个学生全都考上了大学，不少还是考的国内知名大学，写下了省高建校以来最光辉的一页。全班同学发自内心地感谢母校这三年来对自己的培育，大家决定在学校正门，师生合影留念。我们请陈化贞老师坐在萧济时校长和唐名棣主任之间，欧阳圭和严士健特意站在陈老师身后，俨然陈老师的两个卫士。照片洗好以后，全班同学都在每张照片上签了名。这张最珍贵的照片和我们家很多家庭照一起，也在一九六六年六月被母亲和我含着眼泪，万般无奈地撕成了碎片。

一九四八年的金秋时节，我就要开始大学生活了，父亲和母亲为我准备好了全套床上用品。搬行李上山的那一天，父亲雇了一辆马车，和母亲一起亲自送我上珞珈山。我的宿舍在仄字斋，床铺正靠窗户，一个寝室住四个人，每个人有一张书桌、一盏灯、一个书架，条件比省高的学生宿舍不知好到哪儿去了。同宿舍的朋友都还没有来，我又很恋家、恋友，父亲说：“那就跟我们一起回家住吧。”第二天，父亲决定让一家人都去游珞珈山，并请来了孙有志，请他给我们拍照。这次我们雇了两辆马车，连娘都抱着小黑也参加了。当马车穿过刻有“国立武汉大学”六个金字的石牌坊门的时候，有志便开始为我们拍照。我最喜欢其中的一张：我和母亲站在马车的中间，父亲则站在车旁的踏镫上，风把父亲的头发和长衫吹得飘了起来，他满脸都是灿烂的笑。那是一张最能表现父亲快乐心境的照片。可惜我能给父亲带去的欢乐真是太少了，这几乎成了我终生的缺憾。

武汉大学的校园环境之美在全国知名大学中都是排在最前边的，依珞珈山，傍东湖水，学生宿舍楼像庄严的古城堡，三个高高的城堡门，门后的几十级台阶，都显得那么大气。拾级而上，到了宿舍的顶部，在文学院和法学院之间，是武大人最引以为豪的藏书极富的图书馆。站在图书馆的最高层极目远望，正对面是工学院和绿树掩映、依稀可见的教授居住区十八栋。操场东边是气势恢宏的体育馆，我就是从那里跨进武大的。在体育馆的东南边，是有名的杨家湾，老师和大学生都喜欢去那里的茶馆，沏上一壶香茶，海阔天空地聊上一会儿天。如果往西看，就可以看见造型奇特的理学院，再往西，就可以看见坐落在绿树丛中、东湖之滨的女生宿舍——白宫。武大所有的建筑都是中西合璧的风格，屋瓦以绿色琉璃瓦居多，既古色古香，又具现代风采。所有过道两旁都种着树，种着花，有志在很多楼前为我们一家人留了影。最后来到仄字斋我的宿舍，只搬来了一个同学，他是外文系的新生。父亲请有志给我和这位新生照一张相，希望我们能在学习上互相帮助，但我最终没能和他成为好朋友，因为友谊这种缘也是可遇而不可求的，绝对勉强不来。

老话说，坐吃山空。我们家不但没有山，连个小土堆都没有，更何况一连三四年父亲完全没有工作、没有收入，像这种情况，要想维持一个九口之家的生计该是多么困难啊。一天，父亲带着我去他的一个老朋友家，这个老朋友姓余，有一双阴鸷的眼。当他盯着你看时，你会有一种毛骨悚然的感觉。父亲开门见山地提出来帮忙找个工作的要求，他不正面回答父亲的问题，却转过头问我在哪里学习。我告诉他我刚考进武大，他的眼睛一亮，兴致很高地对我父亲说："老弟，你就别做找工作的梦了，你的儿子我倒能给他一份工作。我们有人在武大，我可以写封介绍信，让你的儿子送给我们的人，他每个月的生活费就用不着你操心了。"

我的父亲连忙婉言推辞："谢谢你老兄的好意，我的儿子学习基础不好，进武大以后未必跟得上班，他要花很多时间用在学习上，哪有精力兼一份工作。要是耽误了你的事，那我就太对不起老兄了。"

老余脸孔一板："那是个清闲活，只要他平时多长个心眼，注意一下同学们说了些什么，有什么活动，哪些人跟哪些人常常联系，向我们的人汇个报，就没事了，这要得了他多少时间？”

他那像刀子一样锋利的眼光在父亲和我脸上扫过来扫过去，父亲只好站起来表示感谢：“您的好意我们心领了，这是件大事，容我们回去商量一下再答复老兄。今天打扰老兄，请多包涵。”

说完，不等老余再说什么，父亲拉着我就走。一路上父亲不住地埋怨自己：“我怎么竟忘了萧作霖提醒我的话，他是中统的人，沾都沾不得边；今天我还带着你去自投罗网，我好糊涂啊！”回去以后，父亲把这事告诉了母亲，母亲把父亲好一顿数落，并说：“就是饿死，也不能让我们的儿子干那档子事。”

一九四九年的春节，房东熊家过得很红火。起琼穿上了新做的羊皮袍，起琦披上了高档的黑呢大衣，能干的熊伯母按自家口味灌的香肠和腌的烘鱼腊肉，晒满了两竹竿。我们家也有一点荤菜，那是娘回娘家时，外公、外婆把已做好的菜包好，要她带给我们尝尝的，娘还带回了一些压岁钱，二爹和小舅舅也送来了一些钱，全家人总算过了一个惨淡的团圆年。初二的早上，正国、正瑛、纯武相邀着来我家拜年，不一会，鸿钧、有志也来了，顿时家里添了生气和喜气。他们又拉着我和英子一起去了文尚、汉池家，拜完年以后，我们都去了正国家。一走进正国家，便感受到很浓的节日气氛。在给何伯父、何伯母拜年的时候，我们见到了正国的四姐，她风致宜人，装束淡雅，很有大家闺秀的风范。她毕竟比我们大六七岁，和我们的共同话语不多，但看得出来，她是很喜欢正国的这些朋友的。

在正国家吃完中午饭，英子去了正瑛的房间，我们一行人又转移到纯武家，吴伯母非常热情地接待了我们。纯武忙出忙进、跑前跑后地张罗，口齿又极爽利，文尚指着纯武对大家说："你们看，他像不像《红楼梦》中的王熙凤？"大家一想，还真有点像，于是便"凤辣子""凤哥儿""凤姐儿"地乱叫起来，纯武装出一副很生气的样儿要拧文尚的脸，文尚忙躲到鸿钧的身后："琏二爷，快救救我，我可斗不过你那位泼辣货。"文尚那惊惊慌慌的可怜相逗得大家哈哈大笑。汉池插了一句嘴："大家都看过《红楼梦》，我们都来说说自己最喜欢《红楼梦》中的哪个人物。"又是文尚抢了先："我来替纯武说，他最喜欢、最欣赏的人就是那个

‘粉面含春威不露，丹唇未启笑先闻’的琏二奶奶。”纯武也抢着说：“你们猜猜文尚最喜欢的人是谁？你们一定猜不着，就是那个跟琏二爷有一手的多浑虫的老婆多姑娘，你们看，他现在还死缠着琏二爷不放呢。”鸿钧连忙站起身，跟正国换了一个位置：“要是凤辣子跟多姑娘争风吃醋打起来，我可要遭殃了，我还是赶快躲开吧。”房间里又爆发出一片笑声。

汉池用手敲了一下文尚的头：“别闹了，我们先从小姐说起，你们最喜欢谁？”文尚说：“我喜欢林黛玉，因为她‘心较比干多一窍’，因为她的诗里有一种灵心慧性。”汉池说：“我喜欢薛宝钗，我倒不喜欢她的‘面如银盆’，我欣赏她的宽容厚道，处事得体，谁要娶了她这样的妻子，谁真有福。”正国说：“我也喜欢薛宝钗，被汉池抢先说了，我还喜欢史湘云，她心直口快，胸无城府。”鸿钧说：“我喜欢敏探春，她口角锋利，见识过人，是一朵带刺的玫瑰。”我说：“你们喜欢的人，我都喜欢，还有一个人你们没有提到，她就是‘揉碎桃花红满地，玉山倾倒再难扶’的以身殉情的尤三姐。我喜欢她性格的刚烈，喜欢她对爱情的专一。”汉池又提出了一个问题：“你们最喜欢哪个丫头？”经过大家激烈的争论，意见渐趋统一：晴雯、紫鹃、鸳鸯、司棋、小红等是丫头中最有光彩的人物。至于年轻的男人，宝玉当然是首选，其次便是柳湘莲。关于妙玉和秦可卿，大家的看法莫衷一是，各有自己的见解。到了吃晚饭的时候，纯武拿出了他早已准备好的签筒和色子，笑盈盈地说：“今天我们也学大观园里的少男少女来个抽签、喝酒，你们觉得怎么样？”大家都拍手赞成。

纯武把色子放进盒子里，摇了一摇，揭开一看，里面是三点，数到有志，有志不好意思地说：“我没看过《红楼梦》，我也不会抽签这玩意儿，我就先喝一杯吧。”凤辣子纯武打断了有志的话：“不行，不能坏了规矩，快抽吧，我帮你念签文。”有志只好伸手抽出一签，纯武打开签一看，念道：“花名是并蒂花。下面写着一句旧诗：‘连理枝头花正开’，看来有志马上就要当新郎官了，来我们大家共贺他一杯。”羞得有志满面通红，有志拿起盒子摇了摇，打开一看，是五点，往下一数，正是汉池，汉池大大方方地掣出一签，自己打开念道：“花名：牡丹，艳冠群芳。一句唐诗是：‘任是无情也动人’，此为群芳之冠，可随意命人不论写诗填词，唱歌唱戏，均可。现在我命令周牧唱一支周璇的名曲《拷红》，怎么样？”大家掌也鼓了，我只好遵“牡丹”之命，把《拷红》唱了一遍。

文尚站起来，举着酒杯说：“我要贺‘牡丹’一杯。我记得《红楼梦》里是宝钗掣的这支签，汉池又是那样钟情宝钗，今天他偏偏掣的也是这支签，可见他跟宝钗有缘，将来他必能娶一个像宝钗那样贤德的妻子，你们说，我该不该贺他一杯？”大家齐声回答：“该！我们都该贺他一杯。”于是我们轮流上去敬酒，把汉池灌得都站不稳了。汉池摇出的色子是两点，一数恰好是正国，正国随手掣出一签，念道：“花名：梅花，霜晓寒枝，一句古诗是‘竹篱茅舍自甘心’。”正国高兴地说：“我喜欢这句诗，签上写的是自饮一杯，对不起，我就先喝了。”纯武一把抢过他的签，对大家说：“他哪配得到那句古诗，他住的是花园洋房，我才住的是竹篱茅舍，这杯酒该我喝；我替他再掣一支签，啊，你们听着，花名：杏花，瑶池仙品，一句古诗是‘日边红杏倚云栽’，掣此签者必得娇妻，大家恭贺一杯，再同饮一杯。”正国还想推辞，大家都说：“过年图的就是个热闹，别扭扭捏捏了，来，我们先贺你一杯，再举杯同饮。”正国只好遵命，喝完酒以后，他把盒子一摇，盒内出现了六点，往下一数，正是鸿钧，鸿钧抽出一支签，瓮声瓮气地念道："花名：荼蘼花，韶华胜极，一句旧诗'开到荼蘼花事了'。在席的人各饮一杯送春。"已有几分酒意的鸿钧大声喊道："来啊，一起来送春啊！"我不知怎么的，只顾轻声念着："韶华胜极，开到荼蘼花事了，"竟喝不下这杯酒。

下一个轮到我掣签了，我伸手掣了一根，笑着念道："花名：桃花，武陵别景，一句古诗是'桃红又见一年春'。"纯武不等我念完，便跑到我面前："这句诗真是你的写照，我们同学中，你先考进了大学，你总是比我们先见到春天。按照签文的要求，杏花陪饮一杯，座中同庚者陪饮一杯，少数民族者陪饮一杯。"大家都笑着说："这一回热闹有趣。"正国、鸿钧和有志都走到我跟前："借这个机会，我们再次为你考进武大表示祝贺！"我谢过了他们，拿过盒子摇了摇，是五点，顺着往下数，该是文尚掣签了，文尚一个人低着头喝闷酒，已有七分醉，他揎拳捋袖地伸手掣出一签，纯武抢过去一看，高声笑起来："你们听着，像不像文尚？花名：海棠，香梦沉酣。那句古诗是'只恐夜深花睡去'。签文上说，既然抽此签者已香梦沉酣，不便饮酒，只令上下两家各饮一杯。"文尚拍着手笑道："我真太走运

毕业班照片：前排左一欧阳青，右二徐升阳，右六吴纯武；
后排左二何正国，右五陈才元，右四桂际农

了。牡丹汉池是我的上家，梅花纯武是我的下家，你们快喝呀！”汉池已经醉眼蒙眬，不胜酒力，纯武也有八分醉，两个人都不敢举杯，文尚豪爽地拿过他们的酒杯，看着纯武说：“还是我来替你们喝吧。我先喝纯武的这杯酒，感谢你让我们度过了一个非常愉快的下午和晚上，恐怕以后还是我们这么多人聚会在一起，就不那么容易了。”

他说得那样动情，眼里都开始闪着泪光。他一仰脖，把纯武的那杯酒全喝了下去，又端起汉池的那杯酒：“我和汉池相知七年，真可以说得上是朝夕相处。我知道你已经有个远行的计划，我祝你的远行计划早日实现。”说完又把这杯酒咕嘟咕嘟喝了下去，他大声喊着：“纯武，快斟上，我们今天难得这么高兴，我们一定要一醉方休，一醉方……”话还没说完，就趴在桌子上沉沉睡去。听了文尚的话，我们都陷入了沉思，文尚在醉梦中犹自喃喃地说：“汉池，你走得好，眼前这日子真没法过下去了；你可别忘了我们这些老朋友啊……”我们大家的心都酸酸的。鸿钧和有志架起了文尚，向两位吴伯伯告别以后，我们都分途回家。鸿钧、有志和我把文尚送到了他的家里。

春节过后，我真想好好检束一下自己。我自从考进了武大，便对学习大大放松，当然原因很多，首先，我发现我这个人不喜欢作理性的思考，而更喜欢形象的思维，我的性格和爱好不适合学哲学。每次去上课，因为不感兴趣，认为是白白浪费时间，听课的积极性逐渐消失殆尽；其次，我非常想念我的老同学，因为思念之殷，所以我常常跑回家。我要在汉池离汉之前，多和他相聚几天；我想知道鸿钧、文尚是怎么过的，他们会不会遇到新的困难；我要去正国家看看他复习得怎么样，我很想帮帮他。我还很担心，我去了珞珈山，家里会不会断炊？父亲能从哪里弄到全家的生活费？我还记挂着纯武是不是也想远行，也想像汉池一样展翅高飞。我还隐隐约约感觉到，我们家已供不起我读大学，我是不是该为我的家做点什么？大一上学期就这么一会儿上山一会儿下山地跑过去了，第二学期的学习仍然没有起色。这时我做出了一个大胆的决定：转系，转到外文系，只等第一学年一结束，我就向学校提出申请。父亲也同意我的决定，他始终认为，如果我学好了外语，我就能在一家外国公司工作，就可以有个金饭碗，就会彻底改变我们家的经济状况。有了转系的念头，我对哲学系的课程更加不感兴趣，开始了我一生中的第二次逃学。我索性搬回家住，一个月难得去一两次武大。为了提高外语水平，我看起了原版的《大卫·科伯菲尔》，为学外文专业做准备。

父亲经过将近一个月的四处奔走，终于找到了一份工作。他回家来告诉我们这个消息时，心情很坏。当时我真的很糊涂，特别是政治上更糊涂，我只知道闭门读书，和同学们一起玩，从来不关心国内的大事。那时解放军正以摧枯拉朽之势向武汉大举逼近，解放武汉已是指日可待的事。而就在这时，父亲却做了武汉稽查处东区（车站路至三阳路一带）办事处主任，他的主要任务是追捕地下共产党员和一切革命者。父亲是个很有政治头脑的人，他完全是为了一家人的生计，才不得不走上这条不归路：他知道一旦武汉解放，他一定要受到人民政府的严惩，那后果真不堪设想。所以他当时非常矛盾、痛苦。

给他这份要命的差事的是他的牢友陈大忠。陈大忠是中统特务，是警备司令彭善手下的红人，他是因为贪污巨款、民愤极大才坐的牢。出牢以后彭善委任他做武汉市最后一任稽查处处长。陈大忠何尝不知道这个处长当不得，但他有他的如意算盘：趁乱大捞一笔，然后远走高飞，逃之夭夭。其实父亲早就知道陈大忠是稽查处处长，一直都不愿意去找他，实在是因为这个九口之家马上就要绝粮断炊，才逼得他不得不去敲稽查处的门。他是抱着“我不下地狱谁下地狱”的赴死的决心去的。

他去东区办事处的时间是一九四九年二月二十八日，三月一日，他立即派二姨爹许一清去麻城老革命根据地找他的堂叔许子威。当时许子威是李先念部队的政治干部，请他指示我父亲能利用现任职务为革命做些什么工作。许子威提出了两点要求：一、当稽查处要捕杀共产党员和革命者的时候，尽一切可能通知并掩护他们撤离；二、武汉解放前夕，一定要保护好大工厂不遭国民党破坏。父亲得到了许子威这两点指示以后，心里非常高兴，因为他终于也能为人民的解放事业做点有益的工作了。他是个很精细的人，每次救出了哪些共产党员和革命者，他都记下了他们的姓名、单位名称、担任职务。在他任职的短短四十三天里，被他救出的共产党员和革命者差不多有二三十人。他有时也透露一点消息给我，比如有一次，稽查处命令他们去一座庙里抓两个和尚，那两个和尚真实的身份是共产党内的重要干部，父亲马上派人去通知这两位“和尚”转移，然后由他带队去抓捕，结果当然是“扑了个空”。国民党的特务机关也不是那么容易骗得过的，有时真的无法通知，有时父亲也受到他们的监视，在这种情况下父亲也抓过共产党员和革命者，他知道自己实在救不了他们，只好由稽查处的人把他们带走。父亲常常痛苦地、满怀惋惜地对我说："看见他们那么年轻，那么坚信共产主义，那么从容赴死，我真不忍心看见他们走上刑场啊。"

在这同时，父亲还必须广辟财路，得给陈大忠、给方方面面送上金条和银圆，一天不送，或者送少了，还要遭到斥骂。汉口东区原属法租界，是汉口的繁华地带，大金号、大钱庄、大商店、大剧场、大饭店，还有武汉最大的红灯区——长青里都在父亲的管辖之内。父亲的财源主要是两个渠道：大抓银圆贩子，只要抓到了他们，所有的银圆全部充公，那时做银圆生意的多如过江之鲫，一抓一大把，不愁没有进项；再就是突袭大赌局，但凡大赌局的赌资都是金条和银圆，只要突袭了一个，那就是一大笔"财富"。每天大宗进项，大头当然得给陈大忠和方方面面的头头送去，小头则由父亲分给办事处的各色人等。父亲为自己的后路着想，也趁机捞了几个钱。

四月中的一个晚上，天色阴沉，除了我和妹妹还在各自的房里看书以外，母亲、娘和年幼的弟妹都已入睡。父亲神色慌张、满脸恐惧地逃回家里，一迭连声地要母亲赶快给他收拾衣物，说陈大忠已派人来抓他，他必须连夜逃到湖南长沙，投奔萧作霖。母亲装好了一箱子衣服，要我陪他们一起去火车站。父亲只嘱咐了娘和英子几句，见了稽查处的人不要害怕，我们三个人便悄没声息地向火车站赶去。幸好有一趟慢车晚十二点开往湖南长沙，趁等车之际，父亲告诉母亲和我，陈大忠和他的上司已掌握了父亲救共产党员和革命者的材料，要立即逮捕父亲归案，幸亏一个得过父亲帮助的人给父亲捎了话，才得以逃出稽查处的魔掌。他们肯定还会常来家里找麻烦，一定不要跟他们硬顶，只要全家人平安，比什么都好。父亲还告诉我，国民党的日子不长了，他要我立即回武大去，武大当时是武汉的“解放区”，比家里安全得多，他最担心的就是陈大忠抓不到他，把我抓去交差，他要我明天一大早就赶快回珞珈山。

送走父亲以后，母亲和我急忙朝家里赶，到十字街口的时候，母亲要我暂不回家，让她先回去看看。我老远就看见英子和娘站在门口，四下张望。母亲快步向他们走去，他们只说了几句话，就招手要我过去。我们一回到房间，娘就声音发抖地告诉我们："好险哪，你们前脚刚走，几个军警就凶神恶煞般地闯了进来，要我交出周希文，我说周希文在汉口办事没回来。他们不信，到处找了个遍。还问，你们家的大儿子呢？武大的学生肯定是共产党。我说，他住校，不常回家。我拿出一包银圆塞在他们的头的手里，这样才把他们打发走。"

英子说："他们还说了，爸爸一回来，就要向他们自首，他们以后还要来的，别以为这事就这么了了。"

母亲把送父亲上车的事告诉了娘，并说："我想，你明天带上珉珉、小珉和小黑回阿婆家住些日子，我估计陈大忠不会善罢甘休的，你带些钱在身上，万一我们这边出了事，你也可以应应急。"

"那英子怎么办？"

"我想让她在何正瑛家住几天。我有棣棣陪着，他们不能把我怎么样。"母亲又对我说："你明天一清早就回珞珈山，我给你收拾箱子，没有人给你送信，你不要回来。"

这一夜，谁还能睡得着，我们都坐在母亲房里，想陪母亲多坐一会儿，我们最担心的是父亲。他能不能平安到达长沙，能不能见到萧伯伯？第二天天一大亮，我给娘叫了两辆人力车，送走了他们娘四个；接着我便拎着母亲给我收拾好的箱子赶回了武大。英子和棣棣一直陪我走了很远。上了珞珈山，我是平安了，但我一刻也放心不下父亲和母亲，总担心他们会不会发生什么事。

珞珈山真成了解放区，所有的进出口都有戴袖标的学生把守，盘查很严，不仅反动军警上不了山，而且连无法证明身份的人，也不许进校区。校园里到处响起了革命的歌声，我很快就学会了《你是灯塔》《解放区的天》《山那边哟好地方》；操场上一群一群学生在学着跳秧歌舞，到处是锣鼓声、欢笑声，到处是飘扬的红旗。山外和山上简直是截然不同的两个世界。这种火热的革命气氛会使任何有良知的青年热血沸腾，投身到革命的洪流中去，我也忘了个人的烦恼和担忧，跟老师、同学们一起做着迎接武汉解放的准备。

一天，有志上珞珈山来找我，告诉我，我父亲已潜回武昌，住在磨山我们的坟主家，母亲也去了他那里，要我无论如何也要去一趟磨山。我当天下午就赶到了坟主周青年的住处。父亲满脸疲惫，叹了口气说："我去长沙原想投奔萧作霖，求他无论如何也要给我安排个小差事，让我有个安身之地。谁知就那么不巧，他刚奉命去衡阳、株洲一带检阅那里的军队。我在长沙等他等了好几天，一直没有他回长沙的消息，我担心家里会出事，特别是怕你出事，所以偷偷地回到了这里。我这次回来，绝不能让陈大忠知道，要不然，他们一定要我的命。我已托坟主租下了东湖边的曹家花园，过两天就把家搬过来。武汉要不了多久就会解放，到那时我就自由了。”

母亲告诉我：“你和娘走后的当天晚上，陈大忠又派了十几个军警闯进我们家，这次主要不是抓人，是来抓钱的。他们把箱箱柜柜抄了个遍，见钱就拿，见值钱的东西就抢，幸亏娘带走了一些钱，我又在你的箱子里放了一些钱，还有的防命的钱我藏在了不显眼的地方，要不然我们又得饿饭。”父亲第一次露出了笑容：“还是你妈妈有胆有识，换了别的人，真还对付不了那些凶神恶煞。宝霖，你今天就赶回去，让棣棣还是住在憨子家，明天一定把箱子搬到曹家花园，可再不能出什么事了，”父亲又对我说，“长清，你明天跟我一起去曹家花园，我们先把房间打扫一下。”母亲问：“那些家具怎么办？”“好一点的，麻烦孙有志请几个人搬到他家去，其余的就不要了。喔，别忘了告诉有志，长清的那些中英文书籍一定要放在干燥的地方，不能受潮。”

真是个细心的父亲啊！

第二天父亲和我在周青年的陪同下去了曹家花园，这是曹祥泰杂货铺的老板的产业，名为花园，其实花很少，只有几棵树。在园子中间，有一栋两层楼的洋房，式样小巧别致，每个房间的墙壁涂料的颜色都不一样，但都很淡雅，东湖就在园门外边的不远处，碧波浩渺，景色宜人。我们三个人清扫了一天，总算把这栋长久废置的洋楼打扫得干干净净。周青年看天色不早，便告辞而去，我和父亲在空空落落的客厅里等母亲来。等人的滋味本来就不好受，更何况还要担着极大的心：母亲悄悄搬走东西会不会被陈大忠的鹰犬发现、扣押、跟踪？到曹家花园的这一路上都是荒坟野岭，会不会遇见打劫的坏人？我们从下午五点一直等到夜幕降临，父亲和我都在房子里待不住了，我脑子里冒出了“凶多吉少”这四个字，心也开始扑通扑通地跳。我们来到路边，翘首远望，大约又等了十来分钟，终于看见了几个黑影，向我们这边移动过来。我们飞快地跑了过去，前边六辆车都放着大大小小的箱子，母亲端坐在后面一辆车上。我们压抑住高兴的心情，一起来到曹家花园。母亲一迭连声地谢谢这七位车夫，给了他们加倍的车钱。等车夫一走，母亲像散了架似的一屁股坐在了箱子上："我真害怕死了。我收拾好箱子，找有志安排了搬家具的事以后，不敢太早出门，怕外边有陈大忠的眼线，好不容易挨到五点多钟，急急忙忙雇了七辆人力车，像躲瘟疫似的逃离了十字街。等车一出大东门天越来越黑，荒郊野外，没有一个人，我真怕遇见抢劫的歹人，也怕这七个车夫起歹心，我这箱子里还有没被抄去的四百块银圆呢。真是谢天谢地，没有出事。"母亲一边说，一边擦着头上沁出来的汗珠。第三天，我把娘和弟弟妹妹都接到了曹家花园。

就在我们家迭遭变故，搞得全家人如同惊弓之鸟的时候，汉池终于决定和语文老师的儿子陈清直一起奔赴解放区。走的那天，杨伯母哭得很伤心，她知道汉池去意已决，留也留不住，便只好把希望寄托在武汉的解放，那时母亲和儿子又可以重新团聚。当时去给汉池送行的有文尚、纯武、鸿钧和汉池的妹妹国珍。纯武心情激动地握住汉池的手说："你是我们同学中第一个奔向光明的人，相信我，我也会很快成为一名人民战士的。"

我们在曹家花园过了一个月宁静的日子，这里人烟稀少，远近只有几家空着的别墅，但买东西很方便，离武大的集市很近。那段时间我没住校，住到了家里。经过那么多变故，我对父亲、母亲和娘，对我的弟弟、妹妹，倍加依恋。我觉得家人团聚的日子是那么温馨，又是那么稍纵即逝。父亲听说陈大忠已经下台，彭善也早已逃离武汉，胆子便大了些。他要我把我的好朋友都邀到曹家花园来玩，寂静的曹家花园充满了年轻人的欢笑声。有志带来了他的德国相机，给同学和我的全家留了不少影，可惜一张也没保存下来。我家里现在仅有的两张全家合影，还是从纯武的相册中偷来的。一看见这两张照片，便能回想起我们兄弟姐妹依偎在父母亲身边的幸福情景。这段短暂的幸福生活将永远留存在我的记忆中，将永远留存在我写下的这篇回忆里。

我们是在曹家花园迎来了武汉的解放。父亲当即决定，搬回城里去，全家人都同意，因为一个崭新的社会、一片光明的前景，已经呈现在我们眼前。从此我们所有的人的生活都翻开了新的一页，都用自己的生命写下了一段令人铭心刻骨，永志难忘的历史，那都是后话了，那都是一些欲说还休的后话，还是让人们自己去回忆、去缅怀、去反思吧！

我的希望

现在，我已是夕阳衔山的年龄，
我见证过最真诚的爱，
见证过人生的繁华，
也见证了缓缓降临的浩大的宿命。

尽管我父亲天资聪颖，正直上进，
但在旧社会他始终挣不脱那既定的厄运；
尽管家境艰难，内外交困，
但母亲却持家有道，能为我们营造出一片温馨；
尽管娘在我们家是那样的处境，
但她却用她的善良和勤劳，为我们铺开了一片绿荫；

尽管文尚遭遇多艰，生活清贫，
但他却始终保持勇敢进取的精神和对人炽热的激情；
尽管鸿钧承受过那么多苦难、那么多艰辛，
但他刚强、坚韧，从不为自己的际遇悲悯；
尽管纯武家道并不殷实，道路并不平直，
但他却始终拥有敏感、乐观和豁达的胸襟；
尽管有志早年失怙幼年失母，从没尝过亲情的温暖，
但他对朋友却表现出了最可贵的至情至性；
尽管汉池生长在经济宽裕、衣食无虞的家庭，
但他却始终保持着朴素的本色和友善的秉性；
尽管正国、正瑛从小备受父母宠爱，生活条件优渥，
但他们却始终葆有一颗珍视情谊的丰腴的爱心。

当我在描写五十多年前的这些往事的时候，
我为之流泪，为之激动不已，为之刻骨铭心。
我又一次和我最爱的亲人、朋友生活在了一起，
我又一次感受到人生的幸福和生命的充盈。
我恳切地希望看过这篇回忆录的亲人和朋友，
能了解我父亲、理解我父亲，从而尊敬我父亲。